吉娅的情商魔法

轻松解锁领导力

［韩］崔亨美 著　［韩］元裕美 绘
苑英奕 王淑君 译

青岛出版社
QINGDAO PUBLISHING HOUSE

成为领导者，从管好自己开始

几个人要是聚到一起去做一件事情、完成一个共同的目标，便需要有一个能够调和不同意见，引导大家的人，担任此类角色的人我们称之为领导者。小到组长、队长、班长、会长，大到总统，我们周围存在着许许多多这样的领导者。

有的领导者深得人们的敬重、信任和爱戴，而有的领导者却得不到；有的领导者可以与被自己领导的人和谐沟通，而也有很多领导者做不到，甚至总有一些领导者会利用自身的力量和权势去压迫他人，逼迫别人服从自己的命令。

领导者可以引领众人完成一个共同的目标，因此领导者的位置备受关注，有很多人想要成为领导者。当然也有人觉得做领导者很辛苦，毕竟领导别人并不是一件容易的事情。但遗憾的是，似乎很多人都对领导者存在着一定的误解，认为能够带领他人的人肯定更有魄力，比其他人更优秀，甚至拥有特殊的能力。虽然这种想法有一定的道理，但我有些不太认同，因为我觉得任何人都可以成为领导者。无论是不是出于自愿，你都已经是自己的领导者了，因为只有你自己才是那个对自身的优点和缺点最为了解的人。你就是引领自己的最好的领导者。如果你能够成为一个很好的自我领导者，那你也可能成为一个很好的引导他人的领导者。每个人身上都有可以成为领导者的特质，我们称之为领导力。

成为一个什么样的领导者比成为领导者本身更加重要。领导者有很多种类型：自我为中心型领导者、接受型领导者、自我领导者等等。我觉得其中最值得关注的是自我领导者。如果连自己都领导不了，那又何谈领导别人呢?

当然，成为好的领导者，需要信心、沟通能力、情绪掌控力、判断力……那么我们应该成为什么样的领导者呢？如果这些问题的全部答案都由我来告诉你，你是不是会觉得很没意思？读了吉娅和朋友们在梦幻岛上的冒险经历，你可能会自然而然地找到这些答案。怎么样，要不要一起去看看?

崔亨美

目　录

Contents

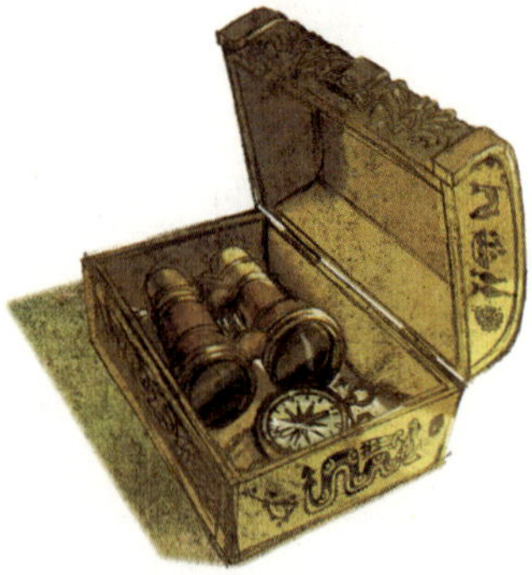

第一章　成为“经济小达人”活动讲师的吉娅

意外的邀约　/ 002

吉娅的选择　/ 012

准备过程也很开心　/ 024

令人激动的相遇　/ 035

第二章　吉娅和露娜的领导能力训练

秘密岛屿帕拉尼亚岛　/ 050

喧闹的夜晚　/ 063

非常特别的郊游 / 077

在嗨皮尼亚岛上迷路了 / 087

第三章 什么样的人才能成为领导者呢？

有主见的人 / 104

以柔制胜的人 / 115

启发他人的人 / 127

所有人都可以成为领导者 / 138

自我领导力：引导自我的人 / 153

第一章

成为“经济小达人”活动讲师的吉娅

意外的邀约

“等等呀！钱钱，等我一起走嘛！”

虽然吉娅大声喊着钱钱，让它等等自己，但它继续奔跑着，并未停下来。钱钱的头顶上方不停有花瓣飘落，这让它兴奋不已。吉娅追累了，便暂停了追逐钱钱的脚步，抬头望向天空。天空是耀眼的蓝色，微风清爽宜人，空中不停飞落的花瓣似乎要将整个世界覆上一层薄雾，置身这般美景当中让吉娅感到如坠幻境。

“哈哈哈，钱钱你这个家伙对赏花还很在行嘛！”尼古拉斯叔叔的脸上绽放出灿烂的微笑。

漫长而寒冷的季节终于过去，吉娅去拜访了好久不见的尼古拉斯叔叔。她本来打算带钱钱到叔叔家附近的公园散散步，可叔叔却突然提议去施韦青根宫看看。

“施韦青根宫吗？可现在并不在庆典期间啊。”

施韦青根宫是备受历代帝王喜爱的夏日别宫，每年夏季那里都会举办盛大的庆典，吉娅也曾和父母一起去参加过庆典。庆典的壮观与华丽简直无法用言语来形容。可现在才四月，寒气刚刚消退，现在去估计看不到像夏日的庆典那样的景象吧。

“现在去的话，你可以看到比夏日的庆典更壮观的景象。”

“更壮观？可如果现在出发，回来估计要很晚了吧？”

吉娅原本只是计划简单散个步，所以她有些犹豫了，毕竟从叔叔家到施韦青根宫还有一个半小时的路程呢。

“吉娅呀，有些时机是不能错过的。如果想要看到比庆典还壮观的场景，我们现在必须出发了，因为过了今天你就看不到了。当然如果你还有些犹豫或者觉得不方便，那也没关系。”

叔叔要给我看什么呢？叔叔突然提出这样的建议肯定有他的理由。虽然吉娅很想早点回家完成作业，但她还是决定和叔叔一起前往施韦青根宫。

吉娅给父母打了个电话就和钱钱一起坐上了尼古拉斯叔叔的车。路上，叔叔好像心情不错，甚至轻轻哼唱起歌曲。看到他这个样子，吉娅不由得对叔叔执意要带她去看的景色充满了期待。

车子开了很久，吉娅终于看到了施韦青根宫。到达施韦青根宫，站在庭院入口的瞬间，吉娅突然明白了尼古拉斯叔叔此前为什么如此执着。她真想好好谢谢叔叔。

“哇！”吉娅惊呼。

正如叔叔所说的，此时施韦青根宫的景色真的比庆典时还要壮观。如吉娅指甲般大小的樱花乘风飘舞着，像淡粉色的雨，让整个庭院美若仙境。

被美景折服的不仅是吉娅，钱钱也兴奋得上蹿下跳。

“实在……实在是太美了！”吉娅不禁感叹。

“有多么美好就有多么令人惋惜，这说的不正是樱花吗？樱花在绚丽地绽放过后很快就会凋零，因此也更让人为之惋惜。世间万物皆如此，越是美好的事物，越是无法长久。”

虽然无法理解尼古拉斯叔叔话中的深意，但走在落花铺就的道路上，吉娅也陷入了思考。

“叔叔，真的谢谢您，让我度过了一段如此美好的时光。”

“虽然建议是我提的，但最后的选择是你做的呀。所以我们应该互相感谢。”

听了叔叔的话，吉娅更加感动了。尼古拉斯叔叔总是这样，时时想着别人，照顾他人的感受。虽然他有着更为丰富的学识和经历，却总是耐心倾听年幼的吉娅的故事，尊重她的意见。吉娅甚至觉得遇到叔叔是她这辈子最大的幸运。

尼古拉斯坐在司机推动的轮椅上绕着庭院转了一圈，之后绝大部分时间都静静地坐在一旁看着吉娅和钱钱开心地玩耍，他似乎也从中感受到了无尽的欢乐。

可能是玩得太过尽兴，回家的路上吉娅和钱钱累得倒头大睡。

“吉娅，吉娅呀，起来啦。”

“这么快就到了？”

吉娅伸了个懒腰，睁开眼睛。把吉娅摇起来的并不是尼古拉斯叔叔，而是吉娅的妈妈。

“咦？我不是在尼古拉斯叔叔的车上吗？”吉娅不解。

“看起来我们吉娅是真累了。昨天玩得很开心吧？爸爸把你从车上抱到床上你都没醒，估计昨天你就是被别人背走了自己也不知道。”

听了妈妈的话，吉娅惊诧万分。她原以为自己只是在车上打了个盹儿，没想到醒来时已经是第二天早晨了。

“啊啊，作业怎么办，完蛋了，完蛋了！天哪，现在几点了？作业什么时候做呀？”

“吉娅呀，现在有一件比做作业还重要的事情。”妈妈捧着吉娅的头，对忧心忡忡的吉娅说道。

“重要的事情？”吉娅问。

“嗯，昨天你不在的那段时间，尼克·西奥多先生的秘书来过两次电话。”妈妈说。

“尼克·西奥多先生？他是谁呀？”

无论怎么回想，一时之间吉娅在自己的脑海中都无法找寻到任何关于尼克·西奥多的线索。

“尼克·西奥多先生是一位非常有名的经济专家，他在柏林洪堡大学为学生们授课，还兼任了几家公司的经济顾问。”

听了妈妈的解释，吉娅突然想起几个月前自己在一本给儿童看的经济学杂志上读到过一篇关于尼克·西奥多先生的报道。

“妈妈，可是……那位先生的秘书为什么要给我打电话呢？”

吉娅的心脏扑通扑通跳了起来。看杂志时她还把那篇报道收藏了起来，但当时令她感兴趣的并不是对尼克·西奥多先生的报道，而是关于“经济小达人”活动的报道，所以听到这个名字她一时没回想起来。那篇报道里提到尼克·西奥多先生担任顾问的公司有计划为儿童举办一次有关经济学知识普及的露营活动。

“难道是因为那个‘经济小达人’活动?”吉娅心跳不已。

“秘书说具体事宜他也不太清楚，只是说尼克·西奥多先生想见你。他第二次打电话来的时候发现还是联系不上你，所以就和妈妈约了时间。当时妈妈给尼古拉斯先生打了电话，想要联系你，但他没开机。”

“啊!”

吉娅突然想起昨天晚上尼古拉斯叔叔的手机因为没电关机了，叔叔还说已经到下班时间了，不会有重要的电话打过来，所以没有关系，可是没想到吉娅因此错过了重要的电话。

“今天上午你不用去学校了，直接去尼克·西奥多先生的研究所吧。妈妈会帮你和老师请假，你不用担心。我和他约好了10点到那边，你快些准备吧。”

吃完早饭，吉娅和妈妈一起出发前往位于市里的尼克·西奥多先生的研究室。一路上吉娅的心情有些复杂，她有些忐忑，又有些期待，很想知道那位著名的经济专家为什么要约见自己。

“吉娅小姐，感谢你的到来!”

“尼克·西奥多教授，您好！”

“呵呵，虽然我在学校授课，但并不是正式的教授，所以你还是随便点，叫我尼克叔叔吧。”

尼克·西奥多先生本人看上去比杂志上的他更加和蔼可亲。在尼克叔叔让秘书为吉娅准备可可和饼干的间隙，吉娅环顾了一下尼克叔叔的研究室。研究室四壁放满了各类书籍，看起来和尼古拉斯叔叔的书房差不多。

“吉娅小姐，你一定想知道我耽误你上课执意要见你的原因吧？”吉娅刚喝了两口可可，就听尼克先生问道。

“是的。”

好奇怪，吉娅一直很紧张。她可是在众人面前讲过课，独自一个人去过美国的吉娅啊！

“今年夏天我准备开展一项十分有趣的活动。”

听了尼克叔叔的话，吉娅忍不住吞了吞口水。

“有一次，在大学里给学生们讲课的时候，我突然想到，为什么不给更小的孩子讲讲经济学知识呢？正好我担任顾问的一家公司对我的这个想法也很感兴趣。”

听了尼克叔叔的话，吉娅的眼睛绽放出明亮的光芒，嘴角也不由得挂上了微笑。尼克叔叔一定是想和吉娅谈关于“经济小达人”活动的事情。

“所以，在这家企业的支持下，我准备在一座小岛上开展‘经济小达人’活动，邀请来自各个国家的小朋友共度五天四夜，让他们参加各种由经济专家们组织的活动。我觉得这会让他们学到很多东西。”

“哇，实在是太棒了！我也很想参加这次活动。”吉娅不由得拍手说道。

吉娅很兴奋，她的眼前仿佛再次出现施韦青根宫前漫天飞舞的花雨。

“哈哈哈，谢谢！但我希望吉娅小姐能够以另外一种方式参加此次活动。”尼克叔叔说。

“什么？另外一种方式？难道参加‘经济小达人’活动还要考试吗？”吉娅有些惊讶。

“当然要通过测试，因为要参加露营也需要具备相应的条件嘛。但吉娅小姐你不需要。”

吉娅无法理解尼克叔叔的话。尼克叔叔到底希望吉娅做什么呢？

"我希望吉娅小姐能给参加'经济小达人'活动的小朋友做个讲座。"

"什么？讲座？"

"不要想得很难，吉娅小姐不是有讲座经验吗？你只需要以自己的经历和研究所的研究员准备的材料为基础，给孩子们生动地讲一讲就可以了。对了，你还可以邀请一位朋友帮助你准备讲座内容。他也可以参加这次活动。如果吉娅小姐同意，我还计划对你做个简单的采访，在相关杂志上刊载关于你的一些报道。"

吉娅觉得有些难以置信，激动得一句话都说不出来。昨天她刚去了落英缤纷的宫殿，走过了美丽的花路，今天居然又遇到了这样的惊喜！

吉娅的选择

下午上课时，吉娅一直都在走神。虽然伊丽莎白老师提醒了她很多次，但丝毫没有效果。

“啊，我到底是怎么了？已经被老师批评三次了……可无论是谁受到如此激动人心的邀请，都无法保持冷静吧？”

吉娅上课注意力不集中，几次三番被老师批评，却仍然为自己找着借口。

“吉娅，你到老师这儿来一下。”

结果，吉娅在休息时间被老师叫走了。

“听你妈妈说你今天上午没来上课是去见尼克·西奥多先生了。发生了什么事情吗？你脸色看上去不太好，上课时注意力也不集中。”

看着老师忧心忡忡的样子，吉娅不由得为自己上课走神感到羞愧。

“尼克先生让我给参加‘经济小达人’活动的孩子做讲座。”

“你是说由尼克·西奥多先生主办的‘经济小达人’活动吗?”伊丽莎白老师瞪大眼睛问道。

“老师，您也知道‘经济小达人’活动?”

“当然了，当然知道。学校收到了‘经济小达人’活动的宣传材料，邀请同学们报名参加。参加这个活动需要通过测试。不巧的是测试的时间和我们学校运动会的时间重叠了。校长

在考虑怎么安排，所以还没有告诉你们。”

吉娅所在的学校每年举办的运动会不仅仅是他们学校非常重要的一个活动，对当地居民来说也是非常重大的一个活动，所以校长难以取舍，苦恼不已。

吉娅浏览了老师给宣传材料。

快来报名和经济专家尼克叔叔一起参加“经济小达人”活动！

招募想要在梦幻岛屿帕拉尼亚岛度过美好时光的孩子们。通过测试的孩子可以和来自全世界各个国家的孩子一起到帕拉尼亚岛参加由经济专家组织的活动，迈出成为经济专家的第一步。

测试时间：2020年5月20日

合格通知时间：2020年6月1日

活动时间：2020年7月1日—7月5日

活动费用全免。对活动期间表现优异的孩子，尼克叔叔和AU集团还会给予奖励。

举办活动的帕拉尼亚岛此前从未对世人开放。如果能够参加此次露营，在帕拉尼亚岛的经历会成为你人生中的一段独特经历。孩子们，快来报名吧！

吉娅看完宣传材料兴奋极了，比上次去美国还要激动，巴不得立刻启程。

“吉娅，你居然连测试都不需要参加就可以直接参加活动，这实在是太棒了！得知校长在犹豫，我还有些过意不去呢，因为我觉得你一定想参加这种活动。”

伊丽莎白老师说得对，吉娅看到那篇报道时便有了参加“经济小达人”活动的心思。她还一直纳闷儿呢，怎么几个月过去了，还没有收到活动的通知。学校运动会期间，吉娅需要负责经营小卖部，所以如果日期冲突的话，她便无法参加测试。幸运的是现在吉娅不需要参加测试便可以以讲师的身份参加活动，而且还是受尼克·西奥多先生亲自邀请！

“我真的太幸运了。如果没有受到邀请，我就去不了了。”吉娅感慨道。

“就是说嘛。你竟然被邀请作为讲师参加！吉娅，老师太为你感到骄傲了。”

“伊丽莎白老师，你说什么？我们吉娅被哪里邀请了？”校长刚好来到教务室，听了伊丽莎白老师的话，十分好奇。

“校长，有一个好消息，我们吉娅受邀作为讲师参加尼克·西奥多先生组织的‘经济小达人’活动了。”

“啊，这真是太好了！我正在为参加露营人员的选拔时间和学校举办运动会的时间重叠而苦恼呢。吉娅，这对你来说会是一个很好的机会。”

校长的话使教务室一下子热闹起来。其他老师也纷纷向吉娅表示祝贺。

接下来，不到一个小时的时间，这个消息传遍了整所学校。

“吉娅，真是太好了！”

“吉娅，你太厉害了！”

“祝贺你，吉娅！”

“可是那个露营是做什么的呢？”

“是玩玩游戏、放放烟花之类的活动吗？”

…………

不光是吉娅班上的同学，就连其他班的同学听到这个消息也纷纷聚拢过来。吉娅一时有些手忙脚乱，一遍遍地给他们讲解何为“经济小达人”活动和自己受邀参加的经过。

“我们连测试都参加不了。吉娅你实在是太幸运了！”

“我们即便参加了测试也不一定能通过啊。”

“谁也不知道最后的结果是什么啊。”

“对的，老师不是说只要勇于挑战，就会有一个崭新的世界迎接我们吗?”

“要不我们别参加运动会了，去参加测试吧。”

…………

到了放学时间，同学们仍然在激烈地讨论着“经济小达人”活动的事。

“吉娅，能参加‘经济小达人’活动，你不开心吗？怎么看上去有些郁闷?”听了好朋友约翰娜的问话，吉娅长叹了一口气。

一方面她一整天都被同学们缠着问东问西，现在有些精疲力竭，另一方面讲座的准备工作也令她感到焦虑，所以状态有些不佳。虽然能够参加“经济小达人”活动的事令吉娅很激动、很开心，但压力也随之而来。现在不仅校长、老师知道这件事，全校师生都知道了。

“因为我还要准备讲座，我一共要讲四次，所以压力有点大。”吉娅解释道。

“也是，做讲座可不是一件容易的事，而且参加这次露营的孩子都是通过测试的，肯定都非常聪明。唉，如果我是你，我估计紧张得连一句话都说不出来。”约翰娜说。

“是啊，我得抓紧时间选好助手，然后开始准备讲座的发言稿了。”

“助手？那是什么？”听了吉娅的话，坐在前面的同学们纷纷转过头来。

“哦，尼克叔叔说我可以带一位协助我准备讲座的朋友参加露营。”

她一说完，同学们都朝她围拢过来。

“助手是不是不需要通过测试就可以参加露营？”

“当然了，助手是去给吉娅帮忙的。我说的对吧？”

…………

同学们七嘴八舌地讨论着。吉娅被同学们的热情弄得有些不知所措。

“需要帮你做些什么？”

“我做不了吗？”

“吉娅，我能做吗？”

“吉娅，你和谁一起去呀？”

…………

孩子们争先恐后地追问吉娅。

“怎么这么吵？”

要不是伊丽莎白老师正好走进教室，吉娅估计要被同学们

拜托！
吉娅，求求你了！选我吧。
选我吧！
选我！
当然是我！

缠得晕倒。

“老师，吉娅说可以带一位助手参加‘经济小达人’活动，同学们都在聊这个事情呢。”

吉娅原本不想公布这件事，可约翰娜的嘴巴太快了，抢着说了出来。

“哦，所以你们才这么吵啊。但如果大家都想去参加露营，吉娅会不会很苦恼呢？老师认为，助手应该是能真正帮助吉娅准备她的讲座的人，所以我们还是让吉娅好好考虑之后再决定选择谁作为她的助手吧。”看着兴奋的孩子们，老师笑着说道。

“好的。”

大家回答的声音都很洪亮，眼睛却一致看向吉娅。吉娅只能推托说再想想，才安抚住同学们，脱身返回家中。

“吉娅呀，我都听说了，我们不是好朋友吗？我和你一起去怎么样？”莫妮卡提前一步来到了吉娅家，吉娅一回来，她就跑到吉娅面前兴奋地问道。

不仅是莫妮卡，就连吉娅的堂哥马塞尔也打来电话要求做吉娅的助手，兴奋的马塞尔还没等吉娅回答就急忙讲起了自己如果参加“经济小达人”活动要做些什么。

“唉，怎么办呢？”

吉娅脑子里像塞了一团乱麻，一整晚都没睡好。

“天哪，吉娅，你没睡好吗，脸色怎么这么难看?”

吃早饭时，看着坐在餐桌旁脸色不佳的吉娅，爸爸妈妈一脸担忧。

“是不是在为讲座的事情烦心？尼克·西奥多先生研究室的研究员会帮你的，不要担心了。”

听了妈妈的话，吉娅叹了一口气。比起准备讲座，现在更让吉娅烦恼的是该和谁一起去参加露营。事实上，从得知可以带助手参加那一刻起，吉娅脑子里便有了合适的人选。那个人不是吉娅的同班同学，而是和她一起参加读书俱乐部的朋友——露娜。露娜英语很好，而且擅长使用电脑。准备讲座需要制作 PPT，露娜肯定能够帮上大忙。

然而，吉娅最好的朋友并不是露娜，而是莫妮卡。其他朋友的请求虽然也让吉娅为难，但还是可以拒绝的。可最好的朋友莫妮卡和堂哥马塞尔的请求却没有那么容易回绝。直到现在，马塞尔那满是期待的话语似乎还回荡在吉娅的耳边。

“与其浪费时间苦恼，不如去找尼古拉斯叔叔寻求帮助。”吉娅心里有个声音在说。

一放学，吉娅就跑去找尼古拉斯叔叔。

“原来是遇到了棘手的问题，可你心里不是早就已经有答案了吗？”听了吉娅的话，尼古拉斯叔叔笑着说道。

“你去那里并不是去玩的，尼克·西奥多先生的意思也不是让你带一位玩伴过去，而是让你带一位能够帮你准备讲座的朋友。”

“嗯！”吉娅不自觉地拍了一下膝盖。尼古拉斯叔叔的话是对的，吉娅心里其实早就有了答案。

“设想一下，如果你是一家企业的老板，现在需要提拔一位职员。如果你因为个人感情原因，提拔了一位无法切实履行职责的员工，那你还能很好地领导自己的企业吗？”尼古拉斯叔叔说。

“和叔叔聊完天我感觉不那么郁闷了，轻松多了！现在我得想一个两全其美的办法，既能拒绝莫妮卡和马塞尔，又不伤害他们。”吉娅笑着说。

准备过程也很开心

“哇！都已经6月了。”吉娅一边撕着5月的日历一边说道。确切地说，现在离露营只剩一个月的时间了。

过去的这段时间发生了很多事。在选助手的事情上，吉娅的好朋友莫妮卡和堂哥马塞尔都无法理解吉娅，不明白她为什么要抛弃他们去选择关系不是很近的露娜。虽然吉娅已经尽力向他们解释，但莫妮卡仍然闷闷不乐，甚至还哭了。马塞尔也无法理解，他甚至还对吉娅大喊大叫，埋怨她宁愿选择外人，都不选择自己的堂哥。

吉娅三番五次地向莫妮卡和马塞尔致歉，在她锲而不舍的坚持下，莫妮卡和马塞尔都表示可以理解吉娅了。可嘴上虽然这么说，之后几天莫妮卡见到吉娅，都对她冷冰冰的。马塞尔在家庭聚会上也对吉娅不理不睬。

面对这样的莫妮卡和马塞尔，吉娅内心有些惆怅——为什么自己的好朋友和堂哥都不理解自己呢？但是她也会站在莫妮卡和马塞尔的角度，设想自己如果遇到这种情况会怎么处理，她希望通过换位思考的方式理解他们。

就这样，不知过了多久，因为偶然的一次机会，莫妮卡和马塞尔在吉娅家里看到了她和露娜准备的讲座的 PPT。PPT 的专业和精美程度让他俩大吃一惊。

“吉娅，这都是你和露娜做的吗？这样的 PPT 到底是怎么做成的？而且还是英语的，太厉害了！”马塞尔问。

“是啊，露营的时候你要讲的是这些内容吗？我还以为你会简单讲讲你做兼职的那些经历呢。”莫妮卡说。

“嗯，参加露营的孩子里还有儿童股票大赛的冠军，比起和我们同龄的大多数孩子，他们对经济懂得更多，也更关心。为了让他们听了讲座也有所收获，我和露娜听了尼克叔叔研究所的课，准备了这些讲座资料。”

听了吉娅的话，莫妮卡瞪大了眼睛。

“吉娅，这段时间我让你很难过吧？我只想着自己，忽略了你要找的是讲座助手不是玩伴。我从来都没有想过自己根本没办法像露娜一样帮你准备讲座，还一直因为你没有选择我而闷闷不乐。”莫妮卡愧疚地说。

“是啊，我也太小气了，我英语不如露娜好，PPT更是连做都不会做。你不会怪我们吧？”马塞尔说。

“我怎么会怪你们呢？你们俩是我最好的朋友和堂哥呀！”

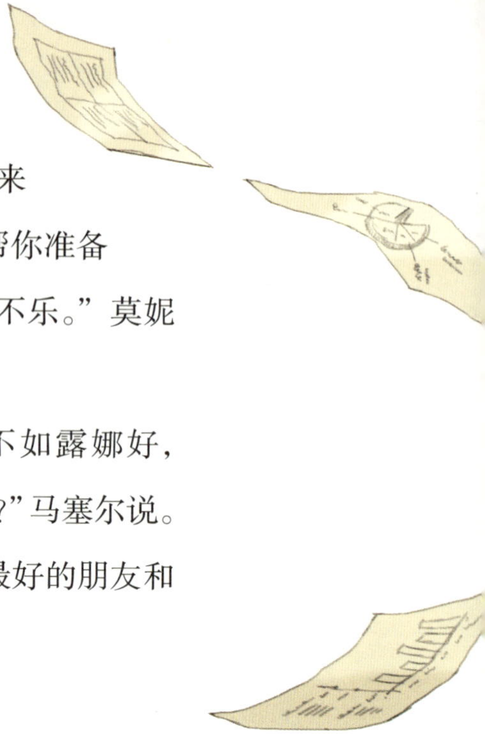

吉娅一把抱住了莫妮卡和马塞尔。这段时间郁积的情绪一下涌上心头，她差点哭了出来。但吉娅知道自己现在不能哭，如果她哭了，莫妮卡和马塞

尔会更加愧疚，所以她努力忍住了泪水。

“你应该早点说嘛。你只说露娜对你更有帮助，我们当然会误会啊。”马塞尔说。

“哎呀，马塞尔，吉娅能怎么说呢？说露娜英语比我们棒，电脑比我们好？是我们太不为吉娅着想了。”

“也是。嗯，以后我也要好好学学英语和计算机。”马塞尔说道。

“我也是，这样下次再有这种机会就不会错过了。”莫妮卡说。

“要想超过莫妮卡，我得现在就开始学习啦。What time is it（几点了）？”马塞尔一本正经地说起了英语。

“马塞尔，干吗呀？”莫妮卡推了马塞尔一下。

“哈哈哈！”

“呵呵呵！”

…………

那天，莫妮卡、马塞尔和吉娅久违的一起嬉闹着，开怀大笑。

莫妮卡和马塞尔决定在吉娅准备讲座期间帮她做遛狗的兼职，这样吉娅就可以集中精力准备讲座。可就算这样，吉娅要准备的东西和要学的东西也还是太多太多了，那段时间她忙得不可开交。

“吉娅，都准备好了吗？快点下来吃饭吧！”楼下传来妈妈的喊声，让陷入沉思的吉娅回过神来。

“哎，撕张日历也能让你恍惚这么久。”妈妈忧心地看着吉娅。

“哇，金枪鱼三明治！”

一走进厨房，吉娅就发现妈妈准备了她最喜欢吃的金枪鱼三明治。

“昨天又学习到很晚吗？”

妈妈为吉娅受邀参加“经济小达人”活动感到自豪，但也很为吉娅担心。虽然吉娅曾独自前往美国，这次肯定也可以很好地完成任务，但对于妈妈来说，吉娅仍然是个需要照顾的孩子。一想到吉娅要离开父母，前往陌生的岛屿，在众多孩子面前做讲座，妈妈就忍不住地担忧。

“没有，因为今天要早起，所以昨天学到 11 点就睡了。”

吉娅一边大口咀嚼着妈妈做的三明治，一边看报纸。在经济研究所里上课时，她了解到阅读每天早晨的报纸非常重要。

“吉娅，吃完再看不行吗？吃饭的时候要认真吃饭。两件事情同时做，往往会都做不好。还有，万一噎住了怎么办？”

听了妈妈的话，吉娅放下了手中的报纸。其实她是因为心里着急才边吃三明治边看报纸，但正如妈妈所说，同时做两件事往往会都做不好。吉娅虽然嘴里吃着三明治，但味同嚼蜡；虽然眼睛盯着报纸，但心不在焉。

“对不起，我只是有些着急。”

“喝点牛奶，再吃点水果。”妈妈希望吉娅能多吃点东西。

“好的，这就吃。”

吉娅认真吃完早饭便走出了家门。今天是周六，吉娅和露娜约好了一起去图书馆准备讲座。

吉娅需要搭公交车前往图书馆。在去公交车站的路上，吉娅遇到了汉纳普爷爷。

“汉纳普爷爷！”

“噢，吉娅呀。周六一大早这是去哪儿？你是不是最近都在忙着准备讲座？我看最近都是莫妮卡和马塞尔在带拿破仑散步。你准备得还算顺利吧？”

“嗯，还可以。您一大早去哪里了？”

“哦，奶奶说想吃鲜鱼，我去了趟市场。”汉纳普爷爷一边给吉娅看菜篮子里的鲜鱼，一边笑着说道。

“奶奶身体还好吧？我好想念奶奶和奶奶给我们做的饼干啊！对了，麻烦您替我向拿破仑问好。”

“好好，虽然准备过程很辛苦，但这对你来说是个好机会，你可一定要打起精神好好加油啊。”

对于一直支持和鼓励自己的汉纳普爷爷，吉娅心存感激。

“嗯！我一定快点准备好，然后去找您玩儿。”

告别了汉纳普爷爷，吉娅来到图书馆，发现露娜已经到了。

“不好意思，我来晚了。”吉娅赶忙道歉。

“没有，图书馆离我家近嘛。我已经借好书了，就是之前研究院老师推荐的书，我还另外找了一些书，你也看一下。”露娜说。

“哇，你真是太勤劳了，竟然找了这么多！”

听了吉娅的夸奖，露娜开心地笑了。

“路上挺累的吧？我带了爽口的果汁，我们喝一杯果汁，休息一下再开始准备吧。”

露娜从书包里拿出两个保温杯，把其中一个递给了吉娅。

“露娜，你真是一个让人不得不爱的朋友。”

其实露娜不是一个性格活泼外向的孩子，所以并不受人关注。在读书俱乐部，同学们每两周就要阅读一本书，然后进行

分组讨论，分组讨论后，每人每月发表一篇读书报告。吉娅选择露娜做助手，就是因为她的读书报告写得非常精彩。

小组讨论时露娜通常不怎么讲话，所以吉娅看到她写的精彩报告时深感意外。露娜性格内向，读报告时脸涨得通红，好像对报告内容不自信一样。然而，她的报告用到了图表、坐标轴……整篇报告非常出色。可以看出，露娜的文字组织能力和文本分析能力都很出众。

露娜读完读书报告后，老师和同学们众口一词地称赞她报告做得好。听了老师和同学们的称赞，露娜态度十分谦和，看上去还略有些不好意思。吉娅和露娜大概一起参加了三个月读书俱乐部。三个月的时间，可能不足以深入地了解一个人。正是因为这个原因，莫妮卡和马塞尔之前才会对吉娅的选择深感郁闷。在他们看来吉娅宁愿选择一个才认识三个月的朋友来做她的助手也不选择自己。

其实，吉娅邀请露娜协助自己准备讲座时也有些担心。因为她对露娜的了解也仅限于性格内向、安静、沉稳，英语好，计算机好和文章写得好，对于露娜的其他方面吉娅一无所知。

但事实证明吉娅的选择是对的，与露娜相处的时间越长，她发现露娜的优点越多。她勤奋、会照顾人，最重要的是她做任何事情都认真努力。

“吉娅，我不像你一样活泼开朗，面对人群时会害怕和紧张，就连和别人交朋友都有点困难。你觉得这样的我对你来说会有帮助吗？”

事实上，一开始露娜委婉地拒绝了吉娅的邀请。被吉娅选为讲座助手让她突然受到孩子们的关注。她感到压力很大。

“露娜，我真心希望你能帮助我。你拥有很多我没有的优点。虽然现在我们彼此不是很了解，你有些不安，但我觉得在接下来的时间里，如果我们互相帮助，互相鼓励，一定可以成为一对好搭档。你觉得呢？”

令人欣慰的是吉娅的真诚打动了露娜，露娜接受了邀请并成了吉娅的好搭档。如果说吉娅精于实战，那露娜便是精于理论。比起吉娅，露娜阅读过更多关于经济的书，还听过一些专家的讲座。

绿意盎然的夏天悄然而至，吉娅和露娜齐心协力完成了一份集理论与实战于一体的课程资料。过了今晚，吉娅就要去参加“经济小达人”活动了。

“啊，天哪，怎么办！明天露营就要开始了，我能做好吗？”吉娅一边检查露营行李一边说道。

钱钱非常捧场地“汪”了一声。虽然吉娅几天前就整理好了行李，也已经检查了几遍，但临行时她还是不放心地再次检查起来。她的行李里有她们这段时间辛苦制作的课程资料，还有备用药品、备用衣服和简单的洗漱用品。

“有什么东西漏掉了吗？”吉娅正在思考的时候，一阵敲门声传来。

“吉娅，汉纳普爷爷来了，你下来一下。”爸爸打开房门对吉娅说道。

“汉纳普爷爷来了？”

吉娅看了一下表，已经9点了。一般9点以后汉纳普爷爷是不出门的，他这个时间来找吉娅有什么事情呢？

吉娅急忙跑到一楼。

“吉娅，我是不是来得太晚了？我之前居然忘记把这个给你了，可能是年纪大了吧，总是忘东忘西。”

汉纳普爷爷不好意思地递过一个小木箱子。一眼看上去，这个箱子应该是很久以前的东西了。

“这是我年轻的时候，在旅行中遇到的一个年轻人给我的。你在岛上应该用得到，呵呵。”

“天哪，谢谢！爷爷，谢谢您！”吉娅拥抱了汉纳普爷爷。

汉纳普爷爷回家后，吉娅回到房间打开了箱子，吃惊地发现箱子里面装的是一个望远镜和一个指南针，它们看上去和常见的望远镜和指南针不太一样。

“看起来有些特别啊。”吉娅自言自语道。

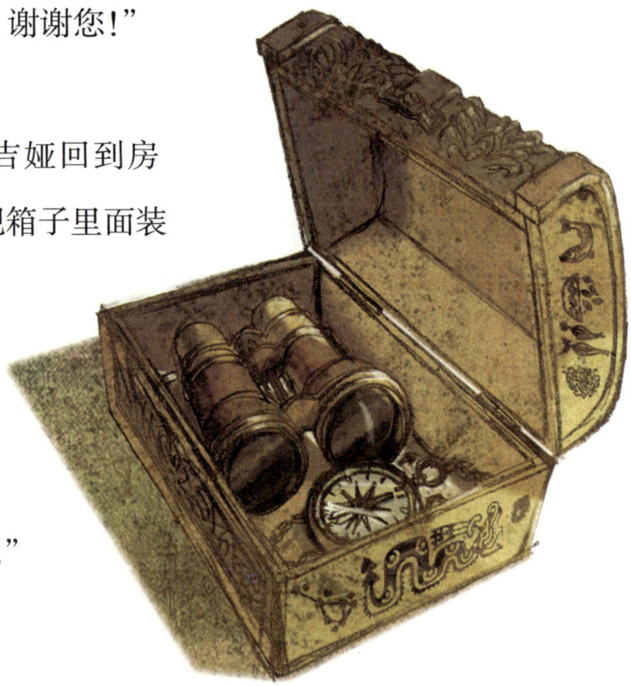

令人激动的相遇

“哇，这么多人都是要去哪儿啊?”

第一次来到机场的露娜惊讶得合不拢嘴。可能因为夏季是旅游旺季的缘故，机场里到处都是人。

“我想的是这么多人都是从哪儿回来的。”吉娅看着一脸疲惫的人们说道。

“也对，机场里也不光是即将出行的人。”露娜若有所思地说。

机场满是即将出行和刚刚抵达的旅客，显得十分拥挤，但并不让人感觉杂乱无序。吉娅甚至觉得这样的拥挤会让身处其中的人们心生期待和愉悦之感。

“孩子们，尼克·西奥多先生在那边呢。”吉娅的妈妈看着正从另一个方向走过来的尼克·西奥多先生说道。

“啊，那位就是尼克·西奥多先生啊？我们是不是得过去打个招呼？”吉娅问道。

“把刚才买的礼物送给他吧。”吉娅的妈妈和露娜的妈妈就像老朋友一样亲密地手拉手走向尼克叔叔。她们看起来就像

两个少女。吉娅和露娜对视了一下，开心地笑了。

因为爸爸们要上班，吉娅和露娜便和妈妈们一起来到了机场。可能年龄相仿，又有差不多大的孩子，吉娅的妈妈和露娜的妈妈一见如故，很快便亲近起来。

尼克叔叔和两位妈妈聊了一会儿，便让吉娅和露娜简单地和自己的妈妈道了个别。虽然吉娅之前曾独自去过美国，但她这次离开妈妈还是有些不适应，分别的时候她泪眼朦胧。露娜更是好不容易才没让泪水流出来。

“好啦，现在我们该去和参加‘经济小达人’活动的孩子们集合了。乘机之前大家还得互相介绍一下，所以集合的时间提前了一点。”尼克叔叔说。

吉娅和露娜紧紧握住了彼此的手。她们要去见那些陌生的孩子们了，而且是不同国籍、不同年龄的孩子们。吉娅心里想，幸亏有露娜在。露娜也因为有吉娅的陪伴而感到庆幸。如果没有吉娅，露娜绝对不会参加这种全是陌生孩子的露营。

走过购物中心和小型餐厅，吉娅终于看到了通往轻型飞机机舱的出入口。

“大家能往这边看一下吗？”尼克叔叔喊道。

尼克叔叔和吉娅、露娜一出现，已经到达集合地点的孩子们便齐刷刷地向这边看过来。看到二十几双眼睛盯着自己，露娜紧张得紧紧拉住了吉娅的手。

“这是要和你们一起参加露营的吉娅和露娜。这位吉娅同学是位儿童经济学专家，在露营期间她会给大家做讲座。她旁边的露娜同学是吉娅的讲座助手，露娜的英语和计算机都很棒，相信在我们活动期间她可以给大家提供很多帮助。”

尼克叔叔介绍完，吉娅和露娜冲大家招了招手。

孩子们盯着吉娅和露娜，一脸认真。吉娅像第一次当众发言一样紧张起来。

“大家好！我是尼克叔叔刚刚介绍过的吉娅，还请多多关照！”

“大家好！我是露娜，请多多关照！”

吉娅和露娜刚介绍完自己，研究员叔叔便微笑着说道：“好了，刚才也和大家介绍过了，我是此次将和大家共度五天四夜的凯尔。尼克教授虽然会和我们一同前往，但他还有别的安排，所以明天需要回来。露营期间大家可以把我当成你们的监护人和负责老师。”

凯尔老师的话让孩子们中间出现了小小的骚动。吉娅也有些意外，她原本以为露营期间尼克叔叔会一直和他们待在岛上呢。

“我无法全程参与露营，大家是不是觉得有些遗憾？不要担心，以凯尔老师为首的我们研究所的优秀教师，还有其他的经济专家，会和大家共度一段有益且有趣的时光。”

尼克叔叔的话对孩子们来说是一种慰藉。

“现在离出发还有一段时间，凯尔老师会为大家介绍此次参加露营的朋友。大家要仔细听，看看你们身边都是一些什么样的朋友，争取记住他们。”

听了尼克叔叔的话，孩子们的视线都转向凯尔老师。

“这真是历史性的一刻呀，此刻来自世界各地的朋友们欢聚一堂，共同期待着参加‘经济小达人’活动。我们花了不少心思阻止媒体采访。因为如果媒体前期就对此事进行报道，会让你们有压力，所以我们和媒体约好了，等露营结束我们再为他们提供相关的报道资料。”

凯尔老师的话引起一阵欢呼。大多数孩子都很开心，少数孩子则略显失望。

“飞行时间大概是 1 小时 30 分钟，在登机之前如果大家能对彼此有所了解，旅程中会相处得更加融洽。好，那我就来介绍一下，这边这位是来自法国的安德莉亚。安德莉亚曾在国际儿童美术大赛中获奖，她会将此次旅行的感悟用画表现出来。”

安德莉亚轻轻向大家挥了挥手。金发白肤的安德莉亚看上去有些害羞。

“来自意大利的霍恩擅长声乐。你们是不是很奇怪——学声乐的朋友居然也来参加‘经济小达人’活动？霍恩去很多国家表演过，他还掌握七门语言。大家要不要听霍恩亲自解释下他为什么要来参加‘经济小达人’活动?”

“大家好,我叫霍恩,今年12岁。就像凯尔老师介绍的一样,我的兴趣是声乐，但我也热衷于研究企业经营。我的梦想是以后经营一家和音乐相关的企业，所以我来参加此次露营活动。我在很多方面都有所欠缺，还望大家不吝赐教。”

听了霍恩的话，吉娅不由得发出惊叹。霍恩虽然年纪比她小，但说起话来就像大人一样成熟。

“这是来自瑞士的汉娜。汉娜曾在国际儿童股票大赛中获得过金奖。”

“大家好，我是汉娜。我曾经因为生病住院，休学两年，所以我的年纪比同年级的同学大一些。大家可以叫我姐姐，我希望能像姐姐一样照顾大家，和大家好好相处。”

汉娜虽然个子和吉娅、露娜一般高，但年龄比她们大一些。

“这位朋友是艾莉，来自澳大利亚。艾莉从小跟随父母在世界各地做生意，所以到过很多地方，也学过很多技能，她还会用塔罗牌占卜呢。”

“露娜，塔罗牌是什么?”吉娅小声问露娜。

露娜笑着说：“是一种占卜命运和未来的卡片吧。”

艾莉是一个看起来普普通通的女孩。孩子们对她会用塔罗牌占卜命运这件事更感兴趣。

“朋友们，大家好！我是艾莉。参加‘经济小达人’活动测试的时候，我用塔罗牌赢得了评委们的青睐。夏令营期间，如果哪位同学对自己的未来感到好奇，可以晚上来找我占卜。”

听了艾莉的话，大家都表现出浓厚的兴趣。

“哈哈，艾莉似乎是一个很有意思的朋友。但是孩子们，如果大家每晚都去找艾莉，吵得她睡不好觉，那可就不好了。”凯尔老师提醒道。“接下来是来自印度的丽娜。丽娜只有 11 岁，她虽然年纪小但数学很厉害，曾多次在国际数学竞赛中获奖。”

丽娜长相可爱，引起了很多人的关注。

“姐姐们、哥哥们好，很高兴认识大家。我来自印度，我在很多方面可能都做得不够好，还请多多关照。”

丽娜的嗓音也如她的外貌一般可爱。

“下面一个朋友是来自英国的埃里克。埃里克对观察星星很感兴趣，还在国际天文奥林匹克竞赛中拿过奖。”

“朋友们，很高兴认识你们。其实我对经济学并不是很了解，我想参加这次露营是因为它的举办地点是帕拉尼亚岛。我很好奇在这个从未向世人开放的岛上会看到什么样的星星。虽然我有很多不足之处，但希望我能够成为大家的朋友。”

一头帅气的褐色头发、个子高高的埃里克刚和大家打完招呼便引来一阵掌声。

“好，接下来这位朋友是来自中国的赵伟。赵伟曾在国际发明大赛中夺冠。他的爷爷和爸爸都是中医，在他们的熏陶下，赵伟也懂一些中医知识。”

“很高兴认识大家。我是13岁的赵伟，来自离德国很远的中国，希望能和大家度过一段愉快的时光。请大家多多关照。”

来自中国的赵伟虽然个子不高，但眼神坚定，看上去很自信。在介绍完赵伟之后，凯尔老师还接连介绍了来自巴西、意大利等国的多位同学。

介绍二十多人的过程持续良久，孩子们都有些厌烦了，但吉娅和露娜一直认真听着。尤其是吉娅，每当听到一个孩子的介绍时她都表现得很惊讶。此次聚在一起参加‘经济小达人’活动的孩子都不是普通的孩子，虽然他们有的外表平凡，但大都拥有卓绝的才华。

“哎，居然要给这些朋友讲课，真是太有压力了。为什么大家都这么出色！我真的能做好吗?”

说起来有些惭愧，之前有一段时间吉娅觉得自己很了不

帕拉

“经济小

尼亚岛
达人”活动

起——12岁便成为富翁，在大家面前做过讲座，还曾独自去过美国。另外她还如愿以偿地获得了参加“经济小达人”活动的资格，并且是受到尼克叔叔的亲自邀请!

因而，吉娅有些洋洋得意，甚至是自满。但今天，见到这些朋友，吉娅深深地为自己之前的想法感到愧疚。她并不是最聪明的，也不是最努力的。而在这里见到的这些孩子，大家都在属于自己的位置上努力着，进步着。

“我的世界是不是太狭隘了？我好像太过自满了。”吉娅想。

她蓦然想起尼古拉斯叔叔的话。在施韦青根宫的时候，尼古拉斯叔叔半开玩笑地对盯着飘落的樱花叹气的吉娅说道：“吉娅，要想成为优秀的人，就不能惧怕挑战，更不能害怕新鲜事物；要掌控全局，而不能只着眼局部。”

当时吉娅理解不了叔叔的话，满脸疑惑。叔叔笑着指了指山坡。吉娅走到山坡上，整个庭院尽收眼底，眼中的景象呈现出一番旷远的意味。吉娅觉得自己这次参加“经济小达人”活动也像是爬上了另外一个山坡。

“这次露营真是个好机会，我一定要向朋友们多多学习!”吉娅暗自思量。

第二章

吉娅和露娜的领导能力训练

秘密岛屿帕拉尼亚岛

“大家注意一下，飞机马上就要降落了。”凯尔老师说道。

“已经到了吗？”

“哇，马上要到帕拉尼亚岛了吗？”

“太让人期待了！”

听了凯尔老师的话，孩子们连连惊叹。飞机才飞了没多久，竟然已经要降落了！这让吉娅很吃惊。一个半小时居然这么快就过去了，真是太神奇了。

孩子们一坐上飞机就叽叽喳喳地聊了起来。吉娅和露娜也和坐在她们旁边的丽娜和赵伟聊得不亦乐乎。时间在孩子们热火朝天的交流中不知不觉地流逝了。

“我们要去的帕拉尼亚岛确实是一个非常特别的地方。我们需要乘大巴前往离机场有 15 分钟车程的海边。到达海边后，会有一条水下通道通往帕拉尼亚岛，我们步行一个小时左右便到了。这段路程不能乘船，所以请大家各自携带一些简单的行李，其他行李会由老师们放在推车上带过去。”凯尔老师向孩子们说明情况。

“太棒了！这居然是一个无法乘船前往，而需要沿水下通道走过去的岛屿！”一个孩子兴奋地喊道。

他就是那个因为营地在帕拉尼亚岛才报名前来的埃里克。也许正因如此，他看上去比其他人更激动和期待。

吉娅和朋友们在老师的带领下下了飞机，找到各自的行李，来到了集合地点。在那里，孩子们可以乘坐大巴车到达海边。

“我在网上查过帕拉尼亚岛，但几乎找不到任何相关信息。”露娜悄悄对吉娅说道。

“帕拉尼亚岛可从未对世人开放过。”艾莉不知怎么听到了露娜的话，插嘴道。

“吉娅，我只告诉你一个人啊。我之前听一个认识的人说帕拉尼亚岛是尼克教授的私人岛屿，所以几乎没有人去过。据说那是一个非常美丽的岛屿，你不觉得兴奋吗？那是一个其他人都不了解的美丽岛屿。”

“呃？哦……”听了艾莉的话，吉娅觉得有些尴尬。为了不让坐在旁边的露娜听到，艾莉居然对自己说起了悄悄话，这让吉娅很难理解。

大家从大巴车上下来，稍微走了一会儿，眼前便出现了一片美丽的海滩。“哇，好棒啊！”孩子们惊呼起来。有的孩子忍不住兴奋地在沙滩上跑来跑去。

“怎么能这么容易就兴奋了，帕拉尼亚岛可比这里美多了。”看着大家兴奋的样子，尼克叔叔笑着说道。

尼克叔叔身边站着几个吉娅没在飞机上见过的大人，他们

大概就是尼克叔叔邀请的经济专家吧。

“好了，再过25分钟海水就会分开，大家就可以看到通往帕拉尼亚岛的水下通道了。在这之前，请大家把各自要随身携带的行李拿出来，把其他的行李都放到推车上。我们大概要走一个小时，所以大家先喝点饮料，吃点东西，去个厕所。到了岛上我们会先吃午饭，所以大家不要吃太多哦。”

凯尔老师很风趣。孩子们听了他的话，哈哈大笑起来。

“吉娅呀，凯尔老师真是一个有趣的人，对吧？”露娜说。

“嗯，我还以为在经济研究所工作的人会很木讷、很无趣呢，真没想到会这么有趣。”吉娅说。

孩子们按照凯尔老师的安排，取出自己可以带走的背囊和小包，将其他行李放在了推车上，又吃了些准备好的零食。

“海水分开，出现水道，这真是让人难以相信。”吉娅喃喃地说道。

“是啊，单单是这个经历，我就觉得来这个夏令营值了。”露娜说。

露娜兴奋地握住吉娅的手。原以为只有在童话故事里才会出现的事情居然会发生在她们眼前，太令人难以置信了。

“好，现在还剩10秒，让我们一起倒数怎么样？10、9、8、

7、6、5……当当！”

“哇！”

“天哪！”

“这不可能！”

…………

最令人难以置信的是凯尔老师刚喊出“1”，眼前的海水就一分为二，出现了一条仅容一人通过的窄窄的通道。看到这个景象，不管大人还是孩子都忍不住尖叫起来。

“好了好了，大家不要光顾着惊讶了。抓紧时间，我们得快快出发了。”

尼克叔叔安抚了一下瞠目结舌的孩子们，带头大步向前走去。

“吉娅呀，虽然是亲眼所见，我还是有些无法相信。”露娜还在回味刚才的景象。

“我也是。等我们到了岛上是不是会遇到更令人难以置信的事情啊？”吉娅充满期待地说。

吉娅和露娜牵着彼此的手一步一步向前走去。这条水下通道可能是一块平时处于水下的陆地，在特定的时间，海水退潮时，这块陆地便会显露出来，形成一条水下通道。走在这样的水道上，看两侧海水波动，就像身处于魔幻世界。

“欢迎大家来到梦幻岛屿帕拉尼亚岛。帕拉尼亚岛是我们家族世代相传的岛屿。我之前也仅知道它是一座无法住人的小岛。在做一个经济学课题时，我想起了这个小岛。我越想越对它感兴趣，想要弄清楚它到底是不是一座毫无价值的岛屿。于是我来这个小岛考察了几次，通过观察，我发现这条水道每天都会出现一次。”

尼克叔叔在为大家介绍帕拉尼亚岛。但孩子们完全被这座岛屿上的景象所吸引，对尼克叔叔的话置若罔闻。可能是久无人迹，植物、动物得以恣意生长的缘故，帕拉尼亚岛真的非常漂亮。岛上到处是盛开的鲜花、茂密的树木和穿梭于林间、叽叽喳喳鸣叫的小鸟。岛中央有一座小房子，它的房顶是黄色的，看上去就像童话里精灵住的房子一样小巧又可爱。

“好的，这里就是接下来的五天四夜大家居住的地方。来的时候相信大家也都看到了，帕拉尼亚岛无法通车，所以进来的人不多，无法建设高大宽敞的房屋。但我相信大家在这里会有一些全新的体验。大家要好好听凯尔老师的话。”尼克叔叔说道。

“大家走了一路应该已经累了，所以我简单说两句，然后

我们吃午饭。首先请大家到一楼中央的餐厅集合吃午饭，吃过午饭后我再来介绍一下我们露营的活动项目，确定一下大家的分组。”

凯尔老师的话音刚落，孩子们便争先恐后地奔向了餐厅。不知是不是因为前往帕拉尼亚岛的路程太过漫长，孩子们都饿了，大家狼吞虎咽，将午饭一扫而光。

吃过午饭，大家在宿舍的院子里再次集合。

“现在，我们将每六个人分为一组，并在每组中选出一个组长。我们会把一些券交给当选为组长的孩子。露营期间，大家用券代替钱。各组组长不仅需要谨慎地使用自己保管的券，还需要在露营期间通过模拟股票大赛等活动赚取更多券。组长和组员需要用这些券解决自己的生存问题。今天我们为大家提供了午餐，但以后不会了。以后每到饭点，院子里会设有菜市场，大家需要自行购买食材，之后组员之间相互协作，用购买的材料合力准备食物。做好的食物也可以卖给其他组的人，但注意，售价要比成本高。”

“我们要自己做饭？”听了凯尔老师的话，埃里克吃惊地瞪大眼睛。

“课上问题回答得好的组、课后感想写得好的组、模拟股票大赛获得优胜的组、心算大赛获得优胜的组、市场游戏中获利最多的组……都会获得券。”凯尔老师继续解释着。

“也就是说得和能力出众的朋友分到一组才行啦。”

听了埃里克的话，吉娅心里起了波澜。她设想着自己会面临什么样的情况：会不会有很多人想和我一组呢？我能够成为带领组员的组长吗？

“我们会开设很多对大家有益的课程，也准备了很多有意思的项目，大家敬请期待。接下来我们先确定一下分组，选一下组长吧。”凯尔老师说。

神秘的“经济小达人”活动项目刚一公布，孩子们便都叹了一口气。虽然大家已经料到这次露营不会是一次简单、舒服的露营，但没想到难度会这么高。

很快，除了吉娅和露娜，其他的孩子都每六个人组成了一组。可能是因为当组长的孩子会有特别的好处，所以选拔组长时，孩子们中间起了小小的骚动。有一个组有人凭借年龄优势和曾在大赛中获奖的经历，不征求组员们的意见便自命为组长；另有一个组组员之间激烈竞争，为了当组长而发生了争吵；还有一个组出现了虽然有人获得了多位组员的推荐，但因缺乏自信而拒绝当组长的情况。

“组长是引导组员的领导者，什么样的人成为组长会更好一些呢?”吉娅问露娜。

作为讲座讲师和助手的吉娅和露娜不参与分组和竞选组长，所以她们在离孩子们一步之遥的地方谈论着。

“领导者需要有领导能力，所以是不是有魄力的人更适合呢?”露娜回答道。听了露娜的话，吉娅点点头。

“但如果领导者施压太过，让人感觉压抑就不好了。”吉娅想到之前自己读过的关于独裁者的故事，补充说道。读了那本书，她才认识到如果一个国家的领袖是独裁者，那会给这个国家的国民来带来多么大的苦难。

“那当然，我最讨厌强迫别人的人了。”露娜表示赞同。

“话说回来，哪些人可以成为组长呢?”吉娅仍在思索。

“我也很好奇。”露娜附和道。

吉娅和露娜的睡前卧谈

领导者是什么样的人？

小组的组长、团队的负责人以及公司的董事长，甚至是国家的总统……细想起来我们周围真的有很多领导者！“领导者”这个词我们用过很多次，但领导者到底是指什么样的人呢？

我觉得可以领导人们的人就算是领导者吧。大部分的领导者不都在领导人们为实现某个目标而努力嘛。

领导者是指带领人们为了实现共同的目标而努力的人。

头脑风暴

你觉得领导者应该是什么样的人？

· 指挥者

充满信心，为大家指明方向。

· 启发者

善于激发他人，使他们乐于参与到共同的事业中。

· 战略家

心思缜密，关注细节。

· 合作者

擅长与他人相处，营造良好的团队氛围。

你还能想到哪些呢？

喧闹的夜晚

分组终于结束了，孩子们被分成了三组。每组的组长也最终确定了。解散后，孩子们便回自己的宿舍放行李。以餐厅为中心，面对走廊，左边的房间是女孩的房间，右边的房间是男孩的房间。

每个房间住两个人。房内有简易的床、衣柜、小小的浴室和洗手间。吉娅和露娜选的是走廊尽头的房间。

“麻雀虽小五脏俱全嘛。”吉娅扑通一下倒在床上，看着自己小小的房间说道。

分组和选组长的过程让孩子们身心俱疲。仔细想想，这次只不过是确定一个为期五天的小组，选出一个任期五天的组长，孩子们却无比认真，甚至为了成为组长而激烈竞争，为了赢得组员的信任使出浑身解数。

“不知为什么总觉得这一天好长啊。”露娜也在吉娅身边躺了下来。

她们从一早就开始忙活，清晨简单吃了个早饭，7 点就到达机场见到了其他人。9 点大家一起搭乘飞机前往帕拉尼亚岛。虽然这一切就发生在今天，但她们感觉像很久以前发生的事情一样，非常遥远。

“我们整理下行李再看看日程表吧。”露娜率先起身。

“好啊，一直这样躺着，我恐怕马上就睡着了。”吉娅也从床上起来，打开箱子，开始整理衣服和行李。

“3 点有尼克叔叔的课呢。课程结束后各组就要分头买菜做饭啦。”露娜看着日程表说。

“各组买菜准备晚餐？感觉会很有意思。”

听了露娜的话，吉娅也盯着露娜手里的日程表看了起来。

“明天上午有专家讲座，午饭前还有‘才能市场’。‘才能市场’是什么呀?”

听了吉娅的话，露娜也产生了兴趣。

“‘才能市场’？难道是销售自己才能的市场?我有些期待呢。”吉娅猜测。

吉娅和露娜边看日程表边讨论着，广播里忽然传来声音：“请各位还在宿舍的孩子注意,3点整餐厅旁边的教室有尼克·西奥多先生的讲座，请大家不要缺席。”

“时间过得可真快啊。”露娜和吉娅交换了一下眼神，放下手中的日程表。

吉娅和露娜来到教室，发现很多孩子已经到了。为了照顾大家，她们坐在了后面，这样可以清楚地看到大家在做什么。讲座期间她们一直兴致勃勃地观察着大家。

尼克叔叔讲座的主题是“经济是什么”。虽然这个主题看上去很普通，涉及的范围却很广，但尼克叔叔讲得也很有意思。这个讲座让吉娅收获满满，她发现自己之前对于什么是经济存在一些偏见。

“好，今天晚上大家需要在院子里的市场上买菜，然后自己做饭、吃饭。买菜、做饭、吃饭和后续的整理工作请于七点半之前完成。”

凯尔老师刚一说完，孩子们便抛出无数问题，几个组长更是争先提问。这算是组长们首次接受任务，因此，大家格外认真。

“吉娅和露娜，你们可以和助手老师们一起用餐，不用担心，露营期间会有阿姨帮忙准备饭菜。”

听了尼克叔叔的话，吉娅和露娜开心地笑了。

“明天水下通道开通之后叔叔就要离开了，不好意思，露营期间我无法全程陪在你们身边。吉娅、露娜，你们要好好完成之前准备好的讲座哦，祝你们在岛上度过一段快乐的时光！等我忙完，露营最后一天我还会再过来。”尼克叔叔微笑着说道。

时时照顾她们的尼克叔叔要离开了，吉娅和露娜十分不舍。

在其他孩子买菜、准备晚餐期间，吉娅和露娜可以自由活动。凯尔叔叔告诉她们可以在岛上转转，也可以准备准备讲座。她们决定准备一下讲座。孩子们从教室来到了院子里，吉娅和露娜也回到了房间。可不知是不是外面太过嘈杂的原因，她们根本无法静心准备讲座。

“露娜，我们俩要不要到外面去看看大家是怎么买菜和准备晚餐的？”

“咱俩果然心有灵犀，其实我也很好奇呢!”

“那我们快到院子里去吧。”

“吉娅，等一下。大家现在应该都在忙吧，看到我们这么安逸地跑出去观看他们准备晚餐，他们心里会不会不舒服?”

露娜的话好像也有道理。听了露娜的话，吉娅陷入了沉思。

“我有一个好主意。我们去和助手老师说一下，我们两个也到菜市场帮忙吧。这样我们既可以帮助大家，又可以顺便观察他们买菜和准备晚餐的过程。”考虑了一会儿，吉娅拍手说道。

“对呀，这真是个好主意。”露娜也很高兴。

吉娅和露娜来到院子里向助手老师说明了自己的想法。老师夸奖了吉娅和露娜，并将菜市场的部分工作交给了她们。

院子里的菜市场虽然小，但该有的东西应有尽有。从水果到蔬菜，从肉类到加工食品一应俱全。

院子里有许多棚子，其中有几个下面摆放着卖食材的摊位，有几个用作孩子们分组制作食物的简易厨房。为安全起见，助手老师会帮助孩子们在做饭时生火。

这个小菜市场就像真的菜市场一样嘈杂。有的孩子因为不知道该买什么而相互问询：有的孩子买错了东西回来找“摊主”调换；还有的同组组员因为意见不合而吵得不可开交……

吉娅和露娜在中间一个棚子里负责销售蔬菜和水果。第一组来找吉娅和露娜买蔬菜的是汉娜和艾莉。

“该买什么呢?”汉娜皱着眉头说。

“没有什么好考虑的，晚餐一定要吃牛排，在这边我们只买做沙拉用的材料就可以了。”艾莉对正在考虑买什么的汉娜说道。

“不问问其他人的意见就确定菜单，这样可以吗?”汉娜有些担心。

“世界上哪有不喜欢肉的人?我们就买西蓝花和卷心菜吧。”艾莉斩钉截铁地说。

汉娜貌似是1组的组长，可购买什么食材却是由艾莉决定的，汉娜只负责付券。汉娜和艾莉又去其他几个棚子转了转，之后回到了自己的棚子。

但买完食材，过了很久，汉娜那组都没有开始做饭。看上去汉娜好像不知道该做什么，有些慌张无措。而艾莉正两手抱胸对着组员们发火。

“汉娜姐姐那组是不是有什么问题?”吉娅对露娜说。

听了吉娅的话，露娜点了点头:“对呀，刚才连菜单都定好了，怎么会这样?”

“我们能买些胡萝卜、土豆、南瓜、洋葱吗？”一个男孩的声音把她们拉了回来。

之后来到吉娅和露娜棚子里买菜的是3组的组长赵伟。3组来得比较晚，看来他们的组员花了挺长时间在棚子里讨论该做什么。

“给你。你付三张券就可以。”吉娅把蔬菜交给赵伟。

“谢谢。”赵伟笑了笑。

赵伟和另外两个组员又一起在其他地方买了些食材后回到了自己的棚子。

“哇！露娜，赵伟那组已经做得差不多了。”

吉娅看到在3组的棚子里大家已经准备开饭了。

“原来在赵伟和两个组员买菜期间，其他的几个组员在做烧水等准备工作。他们商量了那么久，应该是在明确各自的分工吧。”露娜分析道。

“嗯，应该是吧。”吉娅觉得露娜说得很有道理。

赵伟那组饭都快要做好了，2组的组员却连菜都还没有开始买。他们没买菜，也不在自己的棚子里。

“2组的孩子们不吃晚饭吗？”吉娅很疑惑。

“吉娅，我刚才看到埃里克带着2组的组员朝着自己房间的方向走去了。”露娜说。

“是吗？那我们悄悄过去看看？”

吉娅和露娜满怀好奇地来到埃里克房间外面的走廊。埃里克的房间紧挨着餐厅。

“我们组长最棒了。”吉娅和露娜听见房间里传来一个孩子的声音，伴随着一些“咔嚓咔嚓”的咀嚼声。

“是啊，真棒！我们居然不花一张券便可以做成料理，不费吹灰之力便能吃到这么美味的食物。”另一个孩子说道。

“吉娅，这话是什么意思呀？”露娜悄声说道。

“是啊，他们在房间里吃什么呢？”吉娅也不明白。

“你们在这儿干什么？”

突然传来的声音吓得吉娅和露娜打了个寒战。

“大哪，吓我一跳！”吉娅忍不住叫出来。

VEGETABLE
FRUIT
PARANIA
MARKET

她们回头一看，原来是露营助手老师瑞娜。

“为什么会吓一跳?”瑞娜老师很迷惑。

“啊，我们看没有人去摊位买菜了，所以准备去餐厅吃饭呢。”吉娅灵机一动，转移了话题。

“原来是这样啊。我正要去叫你们呢。嗯……他们在干什么?”

瑞娜老师似乎也听到了埃里克的房间里孩子们说话的声音。瑞娜老师来到埃里克房间门前敲了敲，里面有人打开了房门。吉娅和露娜虽然也想跟着瑞娜老师一起到埃里克房间里看一看，但她们还是忍住了。

“你们聚在这里做什么?”瑞娜老师问道。

埃里克房间里到底发生了什么事情呢? 吉娅和露娜伸长了脖子往里面看。

“啊，老师，我们刚刚在聊天。”埃里克来到门前回答道。

在聊天? 吉娅原以为他们是在房间里吃东西呢。

“聊天? 你们不准备做晚餐了? 其他组好像都已经准备得差不多了。”瑞娜老师感到很奇怪。

“我们不打算做饭，只想简单吃点儿。现在还有些时间，我们一会儿再吃。”埃里克镇定地笑着答道。

瑞娜老师听了他的回答似乎也没有疑心什么。

“露娜，我们刚刚听到的到底是什么声音呢?”吃晚饭的时候吉娅还在想刚才的事。

“他们明明就是在房间里面吃东西呀。”露娜也觉得很奇怪。

3 组在晚餐任务中获得优胜，因为他们组所有组员合力买了菜、做了饭，后续整理工作也做得很到位。1 组因为组员之间发生了一些小争吵，饭菜没有做好，最终分享了助手老师们的晚餐。2 组没有做饭，仅吃了煮熟的鸡蛋，所以他们既没能赢得胜利，也未能获得券，但奇怪的是 2 组的孩子们看起来很开心。

吉娅和露娜的睡前卧谈

今天通过观察三位组长和组员们准备晚餐的过程，我似乎明白了什么样的领导者才是优秀的领导者。

是吗？什么样的领导者是优秀的领导者呢？

是能够和组员和谐沟通的领导者。

对的，要想很好地领导他人，沟通似乎非常重要。

2组组长埃里克和他的组员们似乎相处得很和谐，沟通也很和谐，但我怎么老是感觉他们怪怪的。

是啊，为什么我也感觉他们怪怪的呢？

优秀的领导者是善于沟通的人。

领导者与团队成员之间的桥梁——有效的沟通

团队需要有效的沟通才能茁壮成长。一位优秀的领导者既需要表达自己的想法，又需要倾听他人的想法。缺少了任何一项，沟通都是失败的。

倾听技巧小练习：

拿一支笔或一个勺子当话筒。在别人发言时，认真倾听。如果想要发言，需要示意并拿到“话筒”。

非常特别的郊游

第二天早上，吉娅被鸟儿叽叽喳喳的叫声吵醒，她伸手从枕头下面拿出表看了一下，已经6点40分了。阳光穿过窗户照进来，让吉娅感觉有些刺眼。不知是不是没有建筑物遮挡的缘故，帕拉尼亚岛早晨的阳光格外灿烂。

“露娜，你已经醒了啊？”

吉娅看着望向窗外的露娜，伸了个懒腰。昨天晚餐结束后是吉娅的小型讲座。吉娅简单地向朋友们介绍了她为什么会对股票产生兴趣，以及她是如何攒钱成为富翁的。讲座的时间虽然很短，但她们回到房间时已经9点多了。

虽然有些疲惫，但这是吉娅和露娜共同度过的第一个夜晚，所以她们还是闲聊了一会，快到11点才睡觉。然而第二天，她们还是早早醒来了。

“我也刚起不久。昨晚睡得好吗？吉娅，你过来看看。”露娜对吉娅招了招手。

“怎么了？”吉娅来到露娜身旁。

“你吸一口气看看，空气里有大海的味道。”露娜闭着眼睛陶醉地说。

吉娅学着她的样子，闭上眼睛深吸了一口气。空气中真的有一股咸乎乎的大海的味道！不仅如此，窗外的自然风景也美极了。这些在城市里看不到的景色让吉娅和露娜心旷神怡。

“今天上午有讲座，午饭前还有‘才能市场’。‘才能市场’实在是太让人好奇了。”

洗漱完，换好衣服，吉娅确认了一下日程表。

“还在宿舍的人员请注意，7点半开始吃早饭，请大家不要缺席，都到餐厅集合。”广播里传来老师的声音。

吉娅和露娜离开宿舍向餐厅走去。在走廊里她们能听到从各个房间里传出来的声音，有叫人起床的声音，有不想起床发牢骚的声音，还有嬉戏打闹的声音……吉娅听着听着笑了起来：听讲座和展示才能时，他们每个人看上去都是那么特别，可到了慵懒的早晨，吉娅才发现原来大家都一样。

早餐是鱼汤、各种油炸食品、沙拉和松饼。

“啊！有鱼汤……”

蓬头垢面的埃里克走进餐厅，确认了菜品后愁眉苦脸地转身走了出来。他的身后跟着几个孩子。

“他们几个不饿吗？昨天晚上他们只吃了煮鸡蛋。”

“是啊，我昨天晚上饿得都睡不着觉，吃了一些从家里带来的零食才睡着。”

“你还带零食过来了？”

“露营当然少不了零食了！我带了好多香肠、汉堡和罐头。”

“哦，是吗？埃里克的行李箱那么大，里面是不是也装满了吃的呢？”

“有可能。”

…………

吃饭时坐在吉娅后面的几个孩子小声嘀咕着。吉娅突然想起昨天在埃里克房间外面听到的声音，虽然埃里克和瑞娜老师说他们没干什么，但他们肯定在里面吃了什么东西。

早餐后是某个教授的讲座。他在讲座中讲到如何将文化内容或个人才能与经济学联系起来，还讲了一个动漫形象创造一

个规模巨大的市场的案例。他的讲座让吉娅和所有的孩子都感到眼界大开。

“动漫产业并不需要特殊的生产设施，如果一个角色能够被大众喜爱，那版权方便可以利用这个角色扩张出无数产业。从儿童玩具、生活用品，到亲子餐厅、主题公园……动漫角色的相关产业范围非常广泛。”教授说道。

吉娅也拥有很多动漫形象的衍生商品，这次她带来的旅行箱上便印有迪士尼的动漫形象，不久前她还和朋友们一起去过动漫主题公园。吉娅本来以为动漫是只有孩子才喜欢的东西，没想到经济价值如此高。

“个人拥有的才能也可以发展成高附加值产业。虽然发掘才能、提高才能需要付出时间和努力，但如果能从经济学角度开发一个人的才能，那这个人自身就可以成为一家企业。”

做这次讲座的是大学教授，平时上课面对的是大学生，所以他偶尔会用到一些比较晦涩的词句，但总体来说这是一堂十分有趣的讲座。

“讲座听得怎么样？ 11点到午饭前是‘才能市场’时间。现在我给大家大约一个小时的准备时间，大家好好考虑一下，看看自己的哪项才能可以放到市场上销售，并制订好计划。准备好了请告知助手老师。”讲座结束后，一个助手老师通知大家。

吉娅的讲座在晚饭后举行，所以她决定和露娜一起协助助手老师准备‘才能市场’。其他孩子返回房间后也忙着研究、准备各自将在市场上展示和销售的才能。一个小时过去了，终于到了‘才能市场’开始的时间。

“孩子们会销售什么才能呢？好期待啊。”吉娅的心都“扑通扑通”地加速了跳动。

“才能市场”的热闹程度超乎想象。销售漫画才能的安德莉亚和销售塔罗牌占卜技能的艾莉成了最受大家欢迎的才能销

售人。赵伟推销了他的按摩技能，但可能是他的力道没掌握好，试过的孩子都喊疼，所以他成了所有销售者中收益最少的人。

直到吃午饭的时候，孩子们的兴奋劲儿都还未退去。安德莉亚和艾莉的摊位前最为热闹。助手老师和凯尔老师几次维持秩序，都没有什么效果。

安德莉亚的摊位前围满了看她的漫画的孩子。安德莉亚受孩子们所托不停地画着漫画，连午饭都没吃。艾莉的摊位前，大家你争我抢地让艾莉帮自己用塔罗牌测算未来。吉娅也拜托艾莉帮自己用塔罗牌占卜了一下。虽然吉娅不知道艾莉的预测结果是真是假，但还是感觉很神奇。

午饭过后是短暂的休息时间，下午的活动内容是分组进行产品开发。产品开发就是利用上午学到的知识，用最少的费用，开发出可以获取最大收益的产品。哪组的产品获利最多则哪组获胜。

吉娅和露娜虽然不参加，但她们觉得这项活动很有意思，所以打算为孩子们出谋划策。

突然广播响了起来："在宿舍里的同学们，请到教室集合。"

孩子们三三两两往教室的方向走去。

"发生什么事了？"

"产品开发活动不是3点开始吗？现在才2点啊。"

…………

来到教室后，孩子们闹哄哄地议论起来。

凯尔老师拿起了麦克风："大家往这边看一下，我有个提议，大家可能会喜欢。"

听了凯尔老师的话，吵闹的孩子们瞬间安静下来。

凯尔老师笑着说道："有一个岛叫嗨皮尼亚岛，它是一个在地图上都找不到的岛屿，只有通过连接帕拉尼亚岛的水下通道才能走过去。尼克教授刚才打来电话说，这条水下通道今天下午3点会出现两个小时。水下通道一年仅出现两次，一次在今天，另一次在36小时后，再下一次就是一年之后了。”

孩子们都吃惊地张大了嘴巴。嗨皮尼亚岛到底是一个什么样的地方呢？帕拉尼亚岛对孩子们来说就已经是梦幻岛屿一般的存在了，以前他们只在电影里看到过这样的地方。神奇的是，现在居然又出现了一个比帕拉尼亚岛还要神奇的岛屿！一个一年中水道只开放两次的岛屿！这到底是一个什么样的岛屿啊？兴奋和期待让孩子们再次骚动起来。

“尼克教授说这是一个难得的机会，所以他建议取消下午的活动，让大家到嗨皮尼亚岛郊游。大家觉得怎么样？”

“去，一定要去！”

“真的好想去。”

…………

凯尔老师刚说完，孩子们便兴奋地大声喊道。

“好的，现在是2点10分，大家简单收拾下行李，2点50分在沙滩集合。”凯尔老师说。

吉娅和露娜跟其他孩子一起飞奔回房间，往背包里塞进需要带的东西。

“吉娅，那是什么呀？”露娜指着吉娅放进背包里的一个小箱子问道。

吉娅有些犹豫要不要告诉露娜：他们只不过是要参加一个简单的郊游，自己却带上了望远镜和指南针，露娜会不会觉得她很奇怪呢？

“哦，这是我认识的一个爷爷给我的。爷爷年轻的时候到很多地方旅行过，这是他在旅途中遇到的一个印第安人送给他的望远镜和指南针。”犹豫再三，吉娅还是说了实话。

“哇，好棒啊！到一个陌生的岛上应该用得到吧。”露娜很兴奋。

“谢谢你这么说，我还担心你会嫌我多事呢。”吉娅如释重负。

“多事？我只觉得你带着这些东西很帅气。到了嗨皮尼亚岛，借我用用望远镜和指南针好吗？”露娜问。

吉娅点了点头。

露娜往自己的背包里放了薄开衫、毛巾和水瓶。

“郊游还要带些饼干和玉米罐头吧？”露娜问。

吉娅表示同意。两人往各自的背包里放了一些简单的零食。看着渐渐隆起的背包，想到马上就要开始的新奇的旅程，她们很开心。

“吉娅，谢谢你让我有了这么多特殊的经历，我现在好激动啊，我们居然可以到一年只能去一次的岛上郊游！”露娜感慨道。

“有你在身边我也感觉很安心，很快乐。”吉娅真诚地说。

吉娅和露娜相视一笑，满怀期待地向着约定地点奔去。

在嗨皮尼亚岛上迷路了

“哇!”

从帕拉尼亚岛到嗨皮尼亚岛的水下通道出现了。即便再次看到海水分开形成水下通道，大家仍然觉得很神奇，都不约而同地尖叫起来。

“两个小时后水道就关闭了，大家动作迅速些。从帕拉尼亚岛到嗨皮尼亚岛需要步行半个小时，除去往返的时间我们能在嗨皮尼亚岛停留一个小时左右。我们现在就出发吧!”

吉娅就像第一次去郊游一样，内心激动而喜悦。前往帕拉尼亚岛的时候，因为带着比较重的行李，她走起来还感觉有些吃力，但这次去往嗨皮尼亚岛的路上她轻松了许多，心中只感到了幸福。

“这里简直是天使居住的地方啊！”不知是谁惊呼道。

嗨皮尼亚岛上的一切都是那么绚丽多姿。岛上到处是参天大树和奇花异草，一阵阵微风吹来，缓解了大家一路的疲劳……这一切太令人满足了。

“哇，快看那边，那儿有一只非常漂亮的鸟。”

“快看这儿，这朵花长得好奇特。”

…………

孩子们叽叽喳喳地分享着见闻。

刚开始，大家都在沙滩附近活动，慢慢地孩子们四散开来，来到了小岛的各个角落。考虑到以后很难再有机会见到岛上的景致，吉娅也想在岛上游览一会儿。

“吉娅，我们一起去岛中心转转吧。”露娜提议道。

两人一拍即合朝岛内走去。

“露娜，你看，这个红色的像球一样的东西是什么啊？是鸟蛋吗？”

吉娅在草丛里发现了一个红色的像球一样的东西。

“是啊，样子好特别，有点像珠子，又有点像宝石。”露娜说道。

“有红色的鸟蛋吗?”

露娜反复观察着，不时困惑地摇摇头。不管怎么看她都觉得这个东西很神奇，如果这是一个蛋，那生下这个鲜红色的蛋的鸟又是什么样的呢?

“露娜，大部分蛋都是白色或者黄色的吧?”

“鹌鹑蛋是有斑点的。我好像在书上看到过，没有巢的鸟一般会将蛋生在石头或者土上，而斑斑点点的蛋不容易引起注意。”

“哦，是这样啊!露娜，你读书多，所以懂得的知识也好多啊!”

听到吉娅的夸奖，露娜脸红了。

“要不要摸一下试试?”

说着，露娜把手伸向那枚蛋。

“天啊!”

就在露娜要摸到那个蛋的时候，它动了一下。它并不是一颗蛋，而是一只不知名的虫子。它伸开了蜷缩的身体，迅速地消失在草丛里。

“什么什么，是虫子?!”露娜不敢相信。

“天哪!实在是太神奇了，它到底是什么呀?想起来真是

好笑，我们还以为它是一颗蛋。它如果听得懂我们的话，该觉得多么可笑啊。”吉娅笑起来。

“是啊，真逗！”

听了吉娅的话，露娜也大笑起来。可能是远离城市、人迹罕至的缘故，嗨皮尼亚岛上到处都是新奇的事物。

“我们带走些花和树叶留作纪念怎么样？”露娜提议道。

“嗯，好主意。”

听了露娜的话，吉娅也兴致勃

勃地坐在地上翻弄着草丛。她们舍不得折盛开的花朵，所以只捡一些掉落的花和树叶。

“吉娅，你看，这朵花是不是很漂亮？”过了好一会儿，露娜指着一朵深紫色的花说道。

“太漂亮了！”吉娅感慨道。

两个人不时给对方看自己找到的东西，然后分头再去寻找更多有意思的东西……

时光飞逝。不知过了多久，吉娅突然感觉周围变得好安静，她猛地站起来，环顾了一下四周。之前从远处断断续续传来的孩子们说话的声音好像消失了，她忽然害怕起来。

“露娜，我们是不是错过了回去的时间？”吉娅焦急地问露娜。

“啊，是吗？”露娜大惊失色。

“我们去沙滩看看吧。”吉娅说。

吉娅和露娜一口气跑到沙滩上。

“不可能吧？”吉娅看着海面，张大了嘴巴。

“啊，怎么办?!”露娜也吃了一惊。

回帕拉尼亚岛的水下通道已经关闭了。海水涨了回来，海面上一片静寂。

“吉娅，我们现在怎么办？我们该做什么？”露娜瘫坐在沙滩上哭了起来。

“露、露娜……别、别哭……”吉娅虽然在安慰露娜，但自己也不知不觉地流下眼泪。

通往帕拉尼亚岛的水下通道关闭了，她们两个被单独留在了陌生的岛屿上。吉娅感到非常绝望。

过了一会儿，不知从哪儿传来隐隐约约的哭声。吉娅和露娜循着哭声找到了在沙滩附近的树下埋头哭泣的丽娜。

“丽娜！”吉娅喊道。

“啊……姐姐！”

丽娜满脸惊慌，看来她也没来得及赶回去。

“丽娜，你是不是也以为只有自己被落下了，吓坏了？”吉娅紧紧抱住了丽娜。

当初吉娅和露娜以为只有她们两个人被遗忘在岛上时都满怀恐惧，更何况丽娜只有 11 岁，还是自己一个人，她心里该有多么恐慌。真是太可怜了！吉娅心想。

就在这时，有人大喊着朝沙滩这边跑来——是赵伟。他的身后跟着慌慌张张的安德莉亚和霍恩。

“难道回去的路消失了？大家扔下我们走了？”赵伟两手

抓着头发说道。

安德莉亚和霍恩也是一副忧心忡忡的样子。

“唉，现在该怎么办?”赵伟也陷入了恐慌，抓着头发走来走去。

“现在岛上只剩我、吉娅、露娜、丽娜、安德莉亚和霍恩了吗?”赵伟略微镇定了一下，问道。

“好像是的。”吉娅说道。

比起以为岛上只有自己和露娜两个人的时候，吉娅心安了一些。她甚至觉得有些幸运。两个人比一个人好，三个人比两个人好，何况现在不是三个人，而是六个人了。多一个朋友，就多一分温暖。

“哭哭啼啼是没有用的，我们要静下心想想接下来该怎么做。”

听了赵伟的话，孩子们的哭声渐渐小了。

“当时凯尔老师好像说过，36小时后水下通道会再次打开。”刚才还在无声哭泣的安德莉亚说道。

“对，是我记错了，还以为一年只开一次呢。天哪，真是太幸运了！我们怎么可能在这里待上一年呢，是不是?”吉娅拍了一下额头，说道。

听了吉娅的话，孩子们都擦干眼泪笑了起来。

“我们要在这里待 36 小时。首先我们得知道这是个怎样的地方。对了，你们有没有带吃的？大家把各自背包里的东西都拿出来，我们看看有没有什么生活必需品。”

听了赵伟的话，大家打开自己的背包，把里面的东西拿了出来。

“四瓶半每瓶 500 毫升的水、两个奶油面包、饼干、罐头、手电筒、笔、写生簿、瑞士军刀……啊！这不是望远镜和指南针吗？！”

查看大家行李中的物品时，赵伟发现吉娅的行李里竟然有

望远镜和指南针，开心极了。

“要在这里待36个小时，我们接下来要看看有没有可饮用的水和可以过夜的地方。”赵伟建议道。

正当孩子们整理好行李准备到岛上四处查看时，山坡上有个人跑了下来，那个人正是艾莉。

“还没出发吗?”艾莉喘着粗气说道。

“那个……其实……水下通道关闭了。”赵伟摊了摊手。

“什么?你说什么?!”听了赵伟的话，艾莉大叫着瘫坐在地上。

“怎么了?发生什么事情了?”晚一步赶到的汉娜问道。

汉娜身体不好，一路跑过来显得有些疲惫。

“姐姐，我刚刚不是说该走了吗?现在水下通道关闭了，我们该怎么办?”艾莉大哭起来。

“啊，真的吗?”汉娜惊讶地说道。说完，她也哽咽起来，之后越哭越凶，看上去马上就要晕倒了。

“你喝点水休息一下吧，不要太担心，36小时后水下通道会再次打开。再说不是还有我们嘛。”赵伟安慰道。

喝了赵伟递过来的水，汉娜和艾莉似乎稍稍镇定了一些。

“眼看天要黑了，我们四处看看，找个能睡觉的地方。”

赵伟说。

孩子们爬上了山坡。吉娅用望远镜四处查看了一下，发现远处山坡的岩石上好像有人在动。

“那……那里有人！”吉娅惊呼。

“啊？哪里？”

孩子们都向吉娅这边聚拢过来。

“啊，那是不是埃里克啊？”一个孩子说道。

高高的个子，深褐色的头发，那个人一定是埃里克。

众人赶到那个小坡上。吉娅问：“埃里克，你在这儿干什么？”

“嗯？你们在干什么？”埃里克也一脸疑惑。

“埃里克，大家都走了，水下通道关闭了，岛上只剩我们了。”霍恩带着哭腔说道。

听了他的话，埃里克一脸惊慌。

“都走了？不会吧，时间都过去那么久了吗？”埃里克不敢相信自己的耳朵，“天啊！我只顾看天，连水道关闭了都没看见！”

“埃里克，别担心，水道36小时后会再次打开，而且这里不光有你，还有我们大家呢。”

听了赵伟的话，埃里克稍微平静了一点儿，点了点头。

“太阳很快就要落山了，我们动作要快点，看看周围有没有危险的动物，有没有可以饮用的水源。”赵伟催促道。

“大家一起吗，还是几个人去就可以？我太累了，想要在这儿休息一下。”艾莉一屁股坐到了地上。

“对呀，貌似也没有必要大家都去吧。”埃里克也提出了反对意见。

“但我们对岛上情况不了解，可能会有危

险啊。”吉娅说。

听了吉娅的话，埃里克大声笑了起来：“大家一起去就没有危险了吗？”

“怎么办都行啊，我肚子好饿啊。”霍恩再次呜咽起来。

“霍恩，别哭，我也是又饿又累。”一直没说话的安德莉亚言语中也透着疲惫。

“那我们先把带来的食物分一下吧。”埃里克提议道。

“不行，我们现在还不知道岛上有没有东西可以吃，带来的食物要省着吃。虽然大家都很累，但天黑之前还是要在岛上好好探查一下。”对埃里克的提议，赵伟表示反对。

“赵伟，你真是搞笑。你到底算什么，怎么总在这里指手画脚？”

“对呀，你好像不是我们的领导吧。”听了埃里克的话，艾莉也附和道。

“大家这是怎么了？现在不是吵架的时候。”

“吉娅，你不用管。实际上，你和我们不一样吧？”艾莉气呼呼地对吉娅说道。

“哪里不一样了？”吉娅不明白。

“你不是来当讲师的吗？所以你别说话。这是我们学员的事情，我们自己处理。”

听了艾莉的话，吉娅有些受伤。

“大家要一直这么争吵下去，浪费时间吗？”汉娜看不下去了，站了出来。

可是埃里克和赵伟仍然剑拔弩张。在大家的争吵声中，太阳慢慢西沉入海。

第三章

什么样的人才能成为领导者呢？

有主见的人

“啊，怎么办？太……太阳落山了。”丽娜哽咽着说道。

太阳的余晖已经消失在海平面。漆黑的嗨皮尼亚岛和几个小时前已经完全不同。原本青翠欲滴的树木在黑暗中张牙舞爪，看上去竟有些恐怖。

露娜和霍恩也哽咽起来，慢慢地哭出了声。黑夜来临，孩子们想到自己的境遇，纷纷伤心地哭了起来。

“埃里克，都是你，光顾着吵架了，把时间都浪费掉了。”艾利气愤地喊道。

“艾莉，你不是也吵了？”

“你们真要这样一直吵下去吗？！”吉娅忍无可忍，吼了起来。

其他孩子都在害怕地哭泣，埃里克和艾莉却还在争吵，吉娅实在看不下去了。

“要不，我们像在帕拉尼亚岛上一样选一个领导者吧？我年纪最大，我可以试试。”本来正在和艾莉说话的汉娜小心地说道。

对于汉娜的提议大家都没说话。

“好的，这样也好，就由汉娜姐姐来做领导者吧。现在不是吵架的时候。这个岛上只有我们几个人，难道我们不应该互相信任、互相依靠吗？”

吉娅站了出来。她不想再从艾莉嘴里听到什么令人生厌的话。在夜晚变得更加阴森之前，他们一定要找到过夜的地方。如果孩子们在恐惧之中只知互相争吵，那说不定会遇到更大的难题。吉娅他们对这个岛一无所知，太阳落山后会发生什么危险，他们无从知晓，所以现在他们要做的不是争吵，而是齐心合力，在这里生存下去。

“是的，吉娅说得对。那我们就让汉娜姐姐当领导者，一起制定一下在岛上期间大家需要共同遵守的规则吧。这样可以吗，姐姐？”

听了艾莉的话，汉娜点了点头。

“好的，我也赞成汉娜姐姐当领导者，但巡岛之前我们先吃点东西吧。肚子饱了才不会觉得害怕。”

这一次，没有人反对埃里克的提议。

大家找了一个星光最亮的地方坐下来。艾莉从安德莉亚那儿借来了铅笔和素描本，和汉娜在不远处交谈着什么。

过了好一会儿，汉娜过来说：“刚刚我制定了一些在岛上期间大家需要遵守的规则。首先，大家要听从领导者的意见，食物要集体共享。无视领导者的意见和相互争吵的孩子会受到惩罚。其次，对于辛苦的工作大家要分工合作不能把责任推给别人。”

汉娜念了纸上写好的规则，孩子们听了纷纷点头。

“其他没有写在规则里的遗漏事项也请大家听从我的意见。那么，首先请大家拿出各自带来的食物。”

听了汉娜的话，孩子们纷纷从背包里把吃的东西拿了出来。有五瓶水、一袋奶油面包、三包饼干、一些罐头、几块奶酪和几块巧克力。吃的东西没有大家想象中的多。汉娜和艾莉的背包看起来鼓鼓的，似乎装了很多东西，但吃的东西很少。

“所有吃的东西都在这里了吗？”

听了汉娜的话，大家点点头。

吉娅看到埃里克的背包仍然鼓鼓囊囊的，心里有些疑惑，但嘴上没说什么。

“我们要节约食物，这次就先吃这么多吧。”

汉娜把水和食物分成了四等份，并把其中一份分给了孩子们。虽然量很少，但没有人抱怨。

“大家都知道汉娜姐姐生病了吧？如果她在岛上病倒了会非常麻烦，并且姐姐还要吃药，需要用水送服，用食物垫胃。所以我们多给她一瓶水，再多给她些奶油面包和罐头吧。”

艾莉建议要一起照顾领导者汉娜，但实际上艾莉把大部分分给汉娜的食物都吃掉了。

“我肚子很饿，现在又没吃饱，所以感觉有些困了，看来我得和汉娜姐姐在这里休息休息了。汉娜姐姐身子弱，到黑漆漆、危险的地方去，万一受伤了可就麻烦了，更何况姐姐是领导者。我觉得可以让埃里克和丽娜一组，安德莉亚和霍恩一组，赵伟和吉娅、露娜一组，你们分组在岛上巡视。你说是不是呀，姐姐？”

听了艾莉的话，汉娜点了点头。

“不好意思，走夜路的话，我确实看不太清，而且我之前住院太久了，关节也有些脆弱。我在这里待着说不定还能为大家提供后勤保障。另外，我觉得分组行动可能要比大家一起行动效率更高一些。好了，大家开始行动吧!”

孩子们觉得汉娜的话听上去也不是完全没道理，与其浪费时间争吵，不如听从汉娜的建议，于是便分组出发了。

吉娅、露娜和赵伟一起巡视小岛。

“吉娅、露娜，小心点。”

“注意，这儿有个斜坡。”

…………

赵伟走在前面还时不时回头照顾吉娅和露娜。可能是四周太过安静的缘故，鸟叫声和走路的脚步声加剧了他们内心的恐惧。

“有动物存活就证明有可供饮用的水源。”赵伟看着周遭不时出没的小动物说道。

三人屏住呼吸，静心聆听。若有若无的水声传来，他们决定循着水声找水源，可是每走一步，吉娅和露娜心里的恐惧就多一分。

“我现在在哪儿，我在往哪个方向走啊？完全搞不清楚。我好害怕啊!”吉娅心中越来越忐忑。为了忍住不哭，她咬住了嘴唇。

“不好意思，我也搞不清我们在朝哪个方向走。”走在前面的赵伟停下来说道。

“我担心走得太远我们会回不去。”

赵伟的话很对。大家对小岛不了解，如果走得太远，估计很难返回艾莉和汉娜所在的集合处。

吉娅拿出指南针，把它平放在手上。她想知道他们现在正往哪个方向走，可是天太黑了，根本看不清指针指向哪里。

“天气不冷，大家在岩石上过夜好像也不错。”赵伟说。

幸运的是没有下雨，天气也不冷。如果没有危险的野兽，那在岩石上过夜也挺好。

“是啊，我们还不如回去生火，准备休息呢。水和吃的东西明天白天再找也不晚。”吉娅附和道。

三人决定返回集合处。

“你们怎么这么快就回来了？咦，你们也回来了?”汉娜看到赵伟组、埃里克组和霍恩组前后脚返回集合处，非常惊讶。

“晚上说不定会有凶猛的野兽出现，我们还是找找有什么可以盖的东西以保持体温，再生个火驱赶野兽吧。”赵伟说。

“好的，这个主意好。那就由赵伟和埃里克负责生火，安德莉亚和霍恩负责找一些烧火用的树枝吧。怎么样，姐姐？”听了赵伟的话，艾莉对汉娜说道。

“嗯，听起来不错。孩子们，动作迅速点！”汉娜说。

虽说领导者是汉娜，但每次给出建议的都是艾莉。虽然孩子们觉得这有些奇怪，但还是没表示反对，分头到岩石周围的草丛里收集了树叶和树枝。

“可怎么生火呢？我们没有火柴，也没有打火机。”汉娜看着堆在眼前的树枝和树叶叹了一口气。

“我在书上看过摩擦可以生火。”听了露娜的话，赵伟拍了一下膝盖说道。

“你们有发卡吗？霍恩，把手电筒的电池拿出来。”赵伟兴奋地喊道。

丽娜从头上取下一个单薄的发卡，霍恩也取出了手电筒里的电池。

“用这个就能生火吗？不要白费力气了！”埃里克大声讥笑着。

赵伟把发卡磨得薄薄的，然后拧了拧，用电池蹭了起来。

“什么呀，现在还没生起火来！不会白白浪费一节电池吧？”刚过了一会儿，看到赵伟生火毫无进展，艾莉和埃里克开始发脾气。

“大家再等等，辛苦工作的人都没说什么呢。”吉娅说道。

赵伟汗如雨下，吉娅看在眼里。而旁边的艾莉和埃里克什么都没做却这么说实在有些过分。

“好的，那我们就再等等。”汉娜说道。

艾莉挽着汉娜的手臂向远离大家的方向走去。

“啊！火点着了，火点着了！”大家欢呼起来。

赵伟的方法奏效了。火光微弱，安德莉亚和霍恩便用嘴吹气挽救火苗。很快，火旺了起来。火刚生好，汉娜和艾莉便返回了孩子们中间。

“赵伟，现在我是领导者。希望你在做任何事情之前都能经过我的同意。”汉娜严肃地说。

“姐姐，我觉得你这么说是不对的。”埃里克说。

“我也不这么认为。姐姐，其实你只会嘴上说说，到现在为止你什么也没有做过。食物都是我们拿出来的，树枝和树叶也是我们捡回来的，火也是我们生起来的。”

赵伟和埃里克的意见难得一致。

“还有，姐姐你为什么老是按照艾莉说的做。到底是姐姐是领导者还是艾莉是领导者？我都有些糊涂了。艾莉，难道你控制了姐姐吗？”埃里克气呼呼地说道。

艾莉勃然大怒：“我什么时候控制姐姐了？我只是因为和

汉娜姐姐关系好，才在旁边给她帮帮忙。你真是太搞笑了。”

埃里克和艾莉越说怒气越盛。

“大家这是怎么了……看来我没有资格做领导者，还是让别人做吧。你们别再为了我吵架了。”

汉娜想要阻止二人，却并没有什么效果。内心较为脆弱的丽娜和霍恩看到哥哥姐姐们吵架，急得都哭了。

好不容易生着的火似乎并没有让大家开心。孩子们围坐在熊熊燃烧的篝火旁，心中充满了忧虑、恐慌。

吉娅和露娜的睡前卧谈

吉娅，你觉得汉娜姐姐作为领导者，表现怎么样？

她年纪比我们大，看上去似乎懂的更多，也更可靠。但我却分不清到底汉娜姐姐是领导者，还是艾莉是领导者。

是因为汉娜姐姐总是按照艾莉说的做吗？

嗯，我觉得领导者不应该轻易被他人的话左右，而应该有自己的主见。虽然善于倾听他人意见是领导者的优点，但总是被某些特定的人左右似乎并不好。

优秀的领导者应该有自己的主见，
不应轻易被他人所左右。

以柔制胜的人

争吵、哭泣过后，孩子们都累了，纷纷睡着了。

篝火熄灭，太阳冉冉升起。

“哎哟！”

吉娅睁开眼睛时忍不住叫了一声。不知是不是睡在了硬邦邦的岩石上的缘故，吉娅感到浑身酸痛。幸亏天气还算暖和，不然毫无遮挡地睡在这样的地方可不是一件容易的事。

吉娅起身伸了个懒腰，僵硬的关节发出咯咯的响声。

“咦，这里是怎么了？被虫子咬了吗？”

吉娅看了看自己的腿，上面有几块红肿，她再抬眼时，发现太阳已升上了海面。灿烂的阳光洒向大地，黑暗中沉睡的海岛被温暖的阳光唤醒。吉娅心中一阵感动，流下了眼泪——她和大家竟然在如此美丽的地方度过了一个不那么美好的夜晚，真是莫大的浪费啊！

“大家都醒醒，我们今天还需要在岛上巡视一下，找一些吃的和喝的东西。”

埃里克不知什么时候起来了，开始叫大家起来。前一天晚上争吵的结果是领导者从汉娜变为埃里克，因为埃里克会通过观察天空估算时间。

因为在“经济小达人”活动露营期间，助手老师会告诉大家时间，所以孩子们平时都将手表和手机放在房间里。在没有钟表的情况下经济有效地利用时间也是孩子们需要完成的一项任务。但在嗨皮尼亚岛上，没有助手老师来告知大家时间，估测时间就显得尤为重要。如果不能很好地掌握时间，大家就可能会错过水下通道再次开放的时间。

“大家把剩下的吃的都拿出来。”

孩子们按照埃里克所说的做了。埃里克将孩子们拿出来的食物全部放进了自己的背包里然后重新进行分配。

“今天早上就吃这么多吧。”

埃里克给孩子们的只有一瓶水、半块面包、十块饼干。九个孩子吃这么多显然远远不够。

“埃里克哥哥，能再多给一点吗？昨天晚上我也只吃了一点点，肚子好饿。我们一会还要巡视海岛，吃得太少会很吃力的。”霍恩不满地说道。

“不可以，现在距离水下通道打开还有很长时间。你如果饿了，就自己找吃的，找到了，我以后就多分你一些食物。”

成为领导者的埃里克态度有些强硬。他还以自己是领导者为由多吃了两块饼干。他这么做显然有失公平，大家虽然都有不满，但并没有明显地表现出来。前一天晚上的争吵实在是让大家都疲倦了。

“快点，快快吃完我们一起去找吃的。通过观察天空，可以得到很多信息，你们只要跟着我，很快就能找到吃的和喝的东西。”埃里克以命令的口吻说道。

没有好好洗漱，又在外面被风吹了一天，孩子们都变得邋里邋遢。他们疲惫地拖着行李开始在岛上巡视。虽然艾莉和汉娜仍想留下来，但埃里克不同意。

“你们留下也可以，但如果我们找到吃的，你们俩分得的分量会是最少的。”

听了埃里克的话，艾莉和汉娜不得不跟着他一起出发了。

幸运的是天亮了，海岛看上去不那么让人恐惧了。

“赵伟，你在干什么呢?”吉娅好奇地问身后的赵伟。

赵伟走在最后，他时不时地翻找草丛中的果实，嗅闻它们的味道。

“啊，我闻闻看看它们能不能吃。”

“你对草和果实很了解吗?”露娜饶有兴趣地问道。

“我也不是很了解。我爷爷和爸爸对药材有些研究，我偷偷学了一点。”赵伟平静地答道。

吉娅感觉赵伟稳重、谦逊，还很成熟。

“你们不要老是落在后面。”远处,埃里克冲他们三人喊道。

看着吉娅、露娜和赵伟越来越亲近，他似乎不太满意。

“啊，那边好像有水声。”

埃里克突然跑了起来，孩子们也跟着跑了起来。可埃里克脚步停下时，大家没有看见水源，流水声也消失了。埃里克和孩子们只好继续前进。大家越走越觉得看不到希望，他们原以为嗨皮尼亚岛是一个小小的岛屿，但现在看来这个岛比想象中大很多。

“还要再走多久？我快要不行了，好累啊。这个岛好像比想象中大好多。”汉娜气喘吁吁地说。

吉娅和其他孩子也都累了。

“因为我们在环岛走，之前小分队探岛都是走直线或横穿小岛走，所以大家才觉得岛变大了吧。”

听了赵伟的话，埃里克皱起了眉头。埃里克似乎对赵伟说的每一句话，做的每一件事都不满意。

不知又走了多久，气温渐渐升高。孩子们从昨天晚上开始就没怎么吃东西，晚上睡得又不好，所以又饿又累。困倦疲乏让大家心情不好，渐渐有了火气。

“埃里克哥哥，休息一会儿再走吧，实在是太累了。”霍恩央求着。

“是啊，我现在又饿又渴。”丽娜说道。

“现在水不多了，吃的也不多了，你们怎么还老是抱怨？我现在这么做也不是为了我自己啊。求求你们别再偷懒了，大家都抓紧时间。”埃里克不客气地说。看上去他也有些累了。

“埃里克，我们就稍微休息一会吧，实在是太累了，我要支撑不住了。”汉娜说话的时候满脸倦容、脸色惨白。

埃里克稍稍思索了一下，将自己的背包拿了下来。埃里克的衬衫湿透了，深褐色的头发也都被汗水浸湿了。

“啊！怎么办！”突然间，艾莉大叫着跳了起来。她旁边

的丽娜和露娜受到惊吓也跟着喊起来。一时间，叫喊声连成一片。

其他几个孩子以为她们遇到了蛇，急忙四处查看。正从背包里往外拿水的埃里克也吓了一跳。就在大家不明就里的时候，艾莉一把把埃里克手上的水抢走了，并将水倒在了自己的鞋子上。

“你……你干什么呀?!”强硬的埃里克也被眼前发生的事震惊得语无伦次。

大家都惊讶极了，愣愣地看着艾莉。一眨眼的工夫，艾莉便将珍贵的饮用水几乎全倒在了自己的鞋子上。

“这是干什么?”

埃里克一把夺过艾莉手中的水瓶，可瓶中水已经所剩无几。

“我们连喝的水都没了，你这是干什么呀!”埃里克再次质问艾莉。

“我这双鞋是意大利工匠亲手制作的最高级的马皮皮鞋，世界上仅此一双！刚才我的宝贝鞋子粘上泥了，如果不马上把泥洗掉，皮子会受损的！用一瓶水又怎么了?”

艾莉脸上一副无所谓的表情，不对，看着被眼前发生的事

震惊到的孩子们，她脸上是一副深感荒唐的表情。吉娅对艾莉的所作所为愤怒到无以复加。现在哪个孩子不想敞开来大口大口地喝水，但水所剩无几，为了应对突发状况，大家都极力忍着渴，省着水。饥饿勉强可以忍耐，口渴却极难忍耐。随着时间的推移，阳光愈发灼热起来，岛上一丝微风都没有。每一个孩子都备受煎熬，而艾莉却这么自私，这让所有人瞠目结舌。

“难道你觉得我们连你的皮鞋都不如？我不是说过饮用水有多稀缺了吗？你觉得你应该用这么珍贵的水洗你的皮鞋吗？”埃里克镇定了一下，开口说道。

“你当选领导者的时候说过什么？你不是说可以找到水吗？不是说通过观察天空就能知道很多事吗？可你一直在带着我们转来转去，弄得我鞋上沾满了泥！”艾莉不服气地大喊着。

“往后所有的事情你都不用参与了，你为了一双破鞋子就倒掉了如此珍贵的饮用水，我绝对不会原谅你。”

埃里克一副怒不可遏的表情。

“你算什么，凭什么把我排除在外？不就是水和吃的吗，不靠你，我也能找到！”

“是吗？那你自己看着办吧。”埃里克毫不退让。

“你真是搞笑！你觉得让我自己看着办我就会害怕了，就会屈服于你了？反正一会儿水下通道就开了，像你这种领导者我根本就不需要！”艾莉也不甘示弱。

“汉娜姐姐，你要跟埃里克一起走，还是跟我一起走？你跟我一起走吧！”艾莉转过头，对汉娜说。

听了艾莉的话，汉娜有些惊慌失措。刚才艾莉的所作所为也让汉娜吃惊不小。如果没有水，汉娜连药都吃不了，这一点艾莉应该比谁都清楚，可即便是这样，

她还是将珍贵的饮用水倒在了自己的皮鞋上。

就在汉娜犹豫不决之时，艾莉开始沿着来时的路往回走。

“不能让艾莉自己一个人走，我陪她一起吧。我们稍微转转，就回昨天晚上大家睡觉的岩石那儿。”

汉娜说完，转头去追赶艾莉。吉娅默默地看着艾莉和汉娜离去的背影。虽然她有些为汉娜担心，但面对做出如此荒唐之事的艾莉，汉娜仍然选择随她而去，这让吉娅难以理解。

“哼，那你们俩就好好干吧。”艾莉和汉娜离开后，埃里克气冲冲地把吃的往包里塞。

“不是说要吃东西吗，怎么又放回包里了？”

霍恩抓住了埃里克往包里塞东西的手。

“我不想再被不听话的人拖累了，谁听从我的指令，那就跟我来。”

埃里克推开霍恩的手，坚持把吃的放回背包站了起来。

“我听埃里克哥哥的。”霍恩迅速站到了埃里克旁边。

“埃里克，你这是要做什么？”

“是呀，你要拿走吃的做什么？”

吉娅和赵伟大声质问道。

吉娅觉得埃里克拿吃的东西威胁大家很是过分，因为那些东西是大家共同所有的。

“如果不听我的话，那就别跟过来。”埃里克再次强调。

“埃里克哥哥，我会听你的话的。”霍恩跟在了背负着沉重背包的埃里克身后。

吉娅心里甚至有种去抢夺埃里克背包的冲动，但她知道自己不能那么做。在赵伟和吉娅满怀怒气之时，安德莉亚和丽娜只是默默地看着。

“我们自己去找吃的吧，大家凑在一起只会争吵不休。”

听了赵伟的话，吉娅和孩子们点了点头。

“现在我们该怎么办？一点吃的也没有，一瓶水也没有。”丽娜很慌张。

“丽娜，别担心，不用担心。一切都会好起来的。”吉娅安慰道。

吉娅抱了抱丽娜，发现丽娜那双明亮的大眼睛已经噙满了泪水。前路渺茫，吉娅也很想哭，但她还是不停地告诉丽娜一切都会好起来的。这句话对吉娅自己来说也是一种心理安慰。

吉娅和露娜的睡前卧谈

如果说领导者必须要领导他人，那他需要拥有一定的魄力。但是，埃里克好像太强势了。

对啊，他遇事都没有尝试着和大家沟通过，就以自己了解星座、岛上地形为由，一心想凌驾于孩子们之上。

作为领导者，具备一定的威严是好的，但凌驾于他人之上的领导者似乎并不是优秀的领导者。

嗯嗯，如果想要大家信任并跟随自己，需要拥有温柔的力量。

领导者需要的不是压迫他人的力量而是温柔的力量。

启发他人的人

吉娅突然想起背包里的指南针和望远镜。

“我们并不一定比埃里克做得差，我有指南针和望远镜。再说，埃里克再厉害，不也是第一次来这个海岛吗？”吉娅说道。她第一次有了能在岛上寻找到食物和水源的信心。

“是吗？那你快点拿出来啊。我们有埃里克没有的东西，那就很有优势啦！”赵伟很兴奋。

听了赵伟的话，吉娅赶紧拿出指南针。

“哼，没有埃里克这样的领导者反而更好。我们一定能做好。”

露娜似乎也对埃里克的做法充满怨气。露娜之前从不会冷言冷语或对他人恶语相向，连她都受不了埃里克的强硬让大家着实吃了一惊。不过，也不怪露娜生气，埃里克和艾莉的做法确实太过分了。

在众人期待的目光下，吉娅将指南针放到了手掌上。

“啊，指南针的指针好像不太正常。”

正如露娜说的，指南针的指针确实有些奇怪，指针没有指向明确的方向，而是在不停地晃动。

“奇怪，在帕拉尼亚岛上的时候还好好的呢。”

吉娅焦急地举着指南针换了几个位置查看，但指南针的指针仍不停晃动着。

“难道是因为天气太热，指南针坏了？没关系，我们还有望远镜。”

吉娅拿出望远镜放到眼前，但奇怪的是她眼前一片漆黑，什么也看不到。

“啊，好奇怪，昨天还能看到太阳呢，是镜片沾上什么东西了吗？”

吉娅一边自言自语，一边用T恤擦了擦镜片，然后把望远镜再次举到眼前——没有丝毫改善，她仍然什么也看不见。

“这到底是为什么呢？”吉娅觉得很对不起大家，失望地叹了口气。

赵伟安慰道："吉娅，别灰心。现在天色还早，没有指南针和望远镜也没关系。只要我们齐心协力，寻找水源和食物并不是什么难事。"

听了赵伟的话，吉娅满怀感激。埃里克经常对吉娅发火或者冷嘲热讽，但赵伟却对吉娅很包容。赵伟可能不懂星座，也不懂如何在岛上寻找水源和食物，但他很能体谅朋友的心情。

"吉娅，你不要太担心了，即便我们不能先找到食物和水源也没关系。刚刚大家心情都不好，我没说……越是艰难之时，大家越应该相互包容嘛。虽然来到陌生的地方，每个人都有些焦虑，但大家在这种时候更应该团结一心。再过一段时间，水下通道自然就会打开，大家应该抱着愉快的心情等待。我是这么想的。当然，一开始我也很害怕，但我们遇到的难题不是靠害怕就能解决的。我是不是说的太多、太啰唆了？不好意思，我不太会说话。"安德莉亚慢腾腾地说道。

安德莉亚是一个即便在大家激烈争吵的时候，也只是在旁边安静倾听的孩子。由于性格内向，她从不大声说话，也从未强烈地表达过自己的主张。可能这番话会成为她参加整个"经济小达人"活动露营期间说的最长的一段话。这段话没有令人称赞的文采，却充满真心，让大家不禁陷入沉思。

“安德莉亚！”吉娅不禁发出惊呼。听了安德莉亚的话，吉娅有些吃惊，不对，是很吃惊。其他孩子似乎也很吃惊。

被留在岛上，孩子们确实既恐惧又焦虑。因为事发突然，就连阅历相对丰富一些的吉娅也手足无措。食物和饮用水的缺乏也让孩子们变得愈发敏感，所以大家从未想过要愉快地等待水下通道打开，满脑子都是你争我抢。孩子们之间发生了争吵，也在心里留下了芥蒂。

“安德莉亚，谢谢你告诉我们这些，让我们重新思考。我为自己感到羞愧。我之前居然为了领导者的位置和埃里克争吵。”赵伟低着头说。

听了赵伟的话，安德莉亚拍了拍他的肩膀。

“我希望你能成为我们的领导者，帮助大家愉快地寻找食物和水源。今天晚上大家还得在这里度过，所以我们还需要找一个过夜的地方。”露娜提议让安德莉亚领导他们。

“我也这么想。我觉得你比我更适合做领导者。我认为领导者要能想到其他人想不到的事情，而你就是这样一个人。其实之前我一直觉得你不怎么说话，也没有自己的明确主张，所以不适合当领导者，但就在大家都钻入牛角尖，愚蠢地相互争吵的时候，你给大家指出了另外一条道路。”赵伟说。

大家对赵伟的话纷纷表示赞同。之前吉娅也一直觉得比起内向的人，性格活泼、口才好的人更适合做领导者，但现在她觉得像安德莉亚一样，能在关键时刻为大家指明道路的人也可以成为优秀的领导者。

“不，我觉得赵伟你最适合做领导者。你一直很善于倾听，就连年纪最小的丽娜的话你也会认真聆听。我不过是因为喜欢画画，经常观察事物，所以看事情的角度和大家不太一样，并没有什么了不起的。而且，昨天我的腿被虫子咬伤，已经肿起来了，我可能帮不上大家什么忙……”安德莉亚诚恳地说道。

看了安德莉亚的腿，大家都大惊失色。她的腿上被虫子咬过的地方一片鲜红，高高肿起，看起来就很疼的样子。

“对了，赵伟，你不是对药草有些了解吗，有没有能治疗虫子咬伤的药草？”吉娅问赵伟。

“不知道这个岛上有没有，我找找看。”

赵伟带领着孩子们向草丛深处走去。

过了一会儿，在树木和草丛中翻找的吉娅发现离自己不远的树枝上有鸟儿飞落。

“如果望远镜没坏该多好啊！”吉娅在心中慨叹。

吉娅拿出背包里的望远镜，打算再试一试。她想知道鸟儿要飞向何方，也很好奇它们是不是飞去寻找食物，抑或是飞往有水源的地方。吉娅迫切地希望能为疲倦万分的孩子们提供一丝帮助，于是她再次举起了望远镜。

“啊，我能看到了，好奇怪！咦，鸟群飞过的树枝上好像挂着果子。伙伴们，那边有果子！”

听了吉娅的话，孩子们聚拢到吉娅身边。

“望远镜不是出故障了吗？”

“刚刚确实什么都看不见，现在可以看见了。”吉娅也百思不得其解。

“真的吗？我也看看。”

露娜从吉娅手里接过望远镜，放到了眼前。

“啊，真的！刚刚还是一片漆黑，现在能看见了。”露娜也觉得很神奇。

“这简直就是魔法望远镜嘛。难道是因为刚

才我们一心想赢过埃里克，心是灰暗的，所以什么东西也看不见？”

露娜说这番话像在讲童话故事一样，让孩子们都哈哈大笑起来。大笑过后，大家之前波涛起伏的心渐渐归于平静。

“别管是不是魔法望远镜了，我们还是快去那边看看吧。”赵伟带头迈开了脚步。

“啊，真是果子呢。果子的味道也很香，看小鸟们都在吃，应该没有毒。”赵伟观察过后慎重地说道。

终于找到吃的了，孩子们虽然不知道果子的名字是什么，但这橙黄色、圆圆的果子味道确实很香甜。

“好甜，好好吃。”

吃着果子，孩子们的脸上洋溢着微笑。

“附近肯定也有水源。”赵伟自信地说道。

用果实填满肚子之后，孩子们决定出发去寻找水源，当然他们也没忘记采了一些果子放进背包里，带给其他孩子。

不知走了多久，不远处突然传来一声惨叫。

“这是什么声音？”吉娅问。

“好像是谁的惨叫声。”

大家就像事先约好一般纷纷向发出声音的方向跑去。

“埃里克！这是怎么了？”赵伟吃惊地问道。

霍恩脸色铁青地大哭着，刚才的惨叫声就是他发出的。埃里克紧紧抱着腿，满脸痛苦地倒在地上。

“发生什么事了？”吉娅也关切地问道。

“我爬到树上摘果子，结果从上面摔下来了。”

大家顺着埃里克指的方向看去，一根并不太高的树枝上挂着一些果子。

“我看见松鼠在上面吃东西，所以猜测树上长的会不会是橡子之类的东西。”

“伤得严重吗？”之前和埃里克争吵得最为激烈的赵伟关心地问道。

面对一直都看不惯自己的埃里克，赵伟不计前嫌，大方地走到他的身边，担忧地替他检查伤势并打开随身携带的急救用品给他处理伤处。刚开始埃里克还有些不太情愿，但看到赵伟细心地给他按摩腿和上夹板，他的心里渐渐涌起对赵伟的感激。

这期间，孩子们和安德莉亚又齐心协力摘了一些树上的果子。虽然果子并不太甜美，但还算能吃，如果能用火烤一烤，估计味道还不错。

神奇的是，赵伟还找到了之前一直找不到的可以治疗安德莉亚伤口的药草。

“我们回到第一天过夜的那块岩石上看看吧，那是岛上最高的地方。”埃里克提议道。这一次他给出的不是强制性的命令，而是温和的建议。

孩子们听从了埃里克的建议，沿着来时的路朝岩石走去。

“咦，这里的地面怎么这么泥泞？对了，我好像知道艾莉的皮鞋为什么沾满泥巴了。这附近一定有水！”安德莉亚突然大叫道。

听了她的话，孩子们都围拢到她身边。

“真的呢。这里的泥土很潮湿，这就证明附近有水。”吉娅惊喜地说道。

埃里克和赵伟摸着地上的泥土，猜测着哪里有水。吉娅突然想起自己的望远镜。她拿出望远镜四处查看，很快就发现不远处的一个地方土壤颜色似乎更深一些。这说明那边一定有水，吉娅想。

吉娅和赵伟一起去查看，很快就发现在附近的岩石缝隙间有一股水流。

“看到了吗？水，是水呀！我们终于找到可以饮用的水了！”赵伟兴奋地朝水流的方向跑去。

吉娅朝孩子们的方向喊道：“伙伴们！找到水了！”

岩间流出的水清澈、干净，像冰一样凉爽。孩子们就像沙漠中干渴已久的旅人一样，争先恐后地冲到水源处，开心地喝了个饱。

吉娅和露娜的睡前卧谈

我过去似乎对领导者有很多偏见。

怎么讲呢？

因为领导者要领导他人，所以我过去一直认为领导者需要有魄力，需要懂的比别人多，需要口才好，有时甚至需要有强硬的自我主张。

我之前也是这么认为的，我也觉得这样的人适合当领导者。

但看到安德莉亚和赵伟，我的想法发生了一些改变。

你是不是觉得像安德莉亚一样性格内向、口才不佳，但能启发他人的人，也可以成为很好的领导者？没错，我现在也是这么认为的！

优秀的领导者是能够启发他人的人。

所有人都可以成为领导者

“我们去找找汉娜姐姐和艾莉吧。现在水也找到了，吃的东西也找到了，没有必要再争吵了。”

“吉娅，其实之前我一直觉得你自视甚高。你和我们不一样，你是以讲师的身份来参加露营的。但经过这段时间的相处，我发现你也是一个很不错的朋友。”

听了埃里克的话吉娅有些吃惊。她做梦都没想到埃里克会有这样的想法，因为他平时看上去总是一副自信满满的样子。没想到，他竟然会有些嫉妒自己。

“来参加‘经济小达人’活动，我才发现还有那么多比我厉害的人。于是我更加想成为组长，想赢得大家的喜爱和信服。之前，我还用我带来的食物控制我们组的组员。其实，在这个岛上我也是这么做的。我很小气地把背包里的吃的藏起来，希望能够以此来控制你们。但看到赵伟和安德莉亚，我真为自己的做法感到羞愧。”

听了埃里克的话，大家都很惊讶，一时间，不知该说些什么。

“这些话留在篝火晚会上讲也不晚，我们还是像吉娅说的那样先去找汉娜姐姐和艾莉吧。还有，我刚刚在想，海边是不是也会有一些吃的呢？”赵伟首先打破了沉默，微笑着说道。

“是啊，我怎么没想到海边可能会有吃的呢？”露娜拍了下膝盖。

“可能是因为我们现在已经不觉得这个海岛恐怖了，所以才能够看到一些之前看不到的东西。其实画画也是一样，一个人如果动笔之前就总是担心画不好，那他就会忽略很多细节。但神奇的是如果他静下心来，那他可能连一缕细弱阳光照出的影子也能捕捉到。”安德莉亚耸耸肩膀说道。

“好了，那我们抓紧时间吧。对了，埃里克，现在距离水下通道打开还有多久？”赵伟问。

“现在大概是下午4点，明天凌晨2点左右水下通道会打开。我们时间还很充裕。”埃里克专注地凝视天空，过了一会儿说道。

“那么我们分下工，丽娜和腿受伤了的埃里克到岩石那边生火。安德莉亚和露娜去找艾莉和汉娜姐姐。霍恩、吉娅和我到海边去找吃的。”

对于赵伟的安排大家都没有异议。

“对了，这是草叶笛，每人一个，遇到危险或者有消息要传递的时候就吹一下。把嘴巴放在这里，像吹口哨一样吹一下，它就会发出声音。”赵伟边说边做示范。

孩子们模仿着赵伟的样子将嘴巴嘟成圆形，试着发出声音。神奇的是真的有声音发出来。

“赵伟是植物专家，埃里克是天空专家。哈哈，大家都好厉害。”

吉娅的话让大家开怀大笑。大家约定两个小时后以埃里克的草叶笛声为信号集合，然后就分头行动了。

吉娅来到了沙滩上。

“那是什么？”在沙滩的一侧，吉娅看到一个像小石头一样的东西，走近一看，原来是个扇贝。

“哇，这不是扇贝嘛！大家过来看，这里有扇贝。”吉娅喊道。

“真的吗，有扇贝？”赵伟和霍恩一口气跑了过来。

海滩上可以吃的东西比大家想象中要多。虽然他们没有工具，抓不到鱼，但扇贝和螃蟹可以徒手抓到。不一会儿大家的背包里就装满了扇贝和小螃蟹。

大家听到埃里克的草叶笛声就赶回了岩石处，发现艾莉和汉娜也回来了。

“姐姐，你没有受伤吧？艾莉你也还好吧？”吉娅关切地问道。

“对不起。”

道歉的人不是汉娜，而是艾莉。把珍贵的饮用水倒在皮鞋上遭到大家指责时艾莉也没有道过歉，所以她的这一举动着实让孩子们吃了一惊。

“我太自私了。”艾莉用手捂住脸哭了起来。

“别哭，艾莉。”

艾莉一哭，汉娜也哭了起来。过去的几个小时里，她们两个一直在岛上寻找食物和水源，最终一无所获，还不幸地被虫子咬、被树枝划伤了。

“漂亮的脸蛋儿上留下伤疤怎么行？我来帮帮你吧。”赵

伟想逗她们开心。

听了赵伟的话，艾莉哭得更伤心了。

“别哭了，没事的。”

吉娅抱住了艾莉。露娜、丽娜和汉娜也握住了艾莉的手劝慰着。

“真是一部令人感动的电视剧，不对，是电影。只可惜这里没有摄像机。”

听了埃里克的话，安德莉亚拿出了写生簿。

“那就用画代替摄像机记录下这一幕吧。”

安德莉亚迅速地在写生簿上画下了大家的样子。

“让安德莉亚画画，我们准备晚餐吧！这会是我们在这个岛上的第一顿，也是最后一顿晚餐。”

吉娅的话让孩子们笑了起来。

太阳悄然消失在海平面，大家却不像前一天那样害怕了。

大家坐在高高的岩石上看了很长时间的日落。安德莉亚不停地画着，用画笔记录着孩子们笑闹的场景、开心地吃晚餐的场景，直至太阳完全沉入大海。

太阳落山后，孩子们生起火，用火烤扇贝和果子吃。烤过的果子和扇贝味道好极了，大家都吃得很开心。

“我一辈子都不会忘记今晚的。这真是一个特别的夜晚。谢谢你们！”吃着吃着，丽娜突然停下来激动地说道。她那双圆圆的大眼睛已经盈满热泪。

“我也是，今天晚上，不对，是在这里度过的每一分每一秒，我一辈子都不会忘记。”露娜也热泪盈眶地说。

吉娅完全可以理解露娜和丽娜的心情。大家都很高兴，你一言我一语地说起来，仿佛不是身处荒岛，而是在学校的篝火晚会上。

“大家轮流睡觉吧，要是大家一起等水下通道打开，会很累。”赵伟说道。

大家决定让困倦的孩子——吉娅、露娜、丽娜和霍恩先休息一会儿。丽娜和霍恩很快进入了梦乡。吉娅和露娜却怎么都睡不着。

“这一切就像是一场梦。无论是我们在岛上度过的这两晚，还是那即将打开的通往帕拉尼亚岛的水下通道。”

听了吉娅的话，露娜也点了点头。当初来参加“经济小达人”活动时她们怎么都没想到会经历这么多事情。

两人聊着聊着，不知过了多久，昏昏沉沉地睡了过去。

睡了一会儿，吉娅在睡梦中听到有人在小声说话。醒来仔细一听，原来是埃里克和赵伟在聊天。他们像是遇到了什么棘手的事。

“怎么了？发生什么事了吗？”吉娅起身问道。

“天好像快要下雨了。一旦下雨，篝火就维持不了多久了。手电筒也没电了，今晚的星光也不亮，我担心一会儿大家会害怕，尤其是丽娜。现在我们只能祈祷在回帕拉尼亚岛之前不要下雨。”埃里克忧心忡忡地说。

听了埃里克的话，吉娅抬头看了看天空，发现星光真的不如昨晚明亮。

“还有20分钟水下通道就会打开了，我们往沙滩方向走走吧。”

听了埃里克的话，吉娅和赵伟叫醒了孩子们。星光更加黯淡了，虽然孩子们点燃了树枝做的火把，但大家往沙滩走的这段时间里，火把就熄灭了两次。

“水下通道出现了！”丽娜和霍恩大声喊着。

返回帕拉尼亚岛的水下通道终于出现了，艾莉和汉娜激动得都要哭出来了。

“我走在最前面，这样就算火把熄灭了，我也能根据天空的星星辨别方向。天太黑了，大家站成一队，手拉着手一起往前走。”埃里克说道。

于是，埃里克走在最前面，赵伟走在最后面，孩子们排成一队手拉着手。吉娅跟着前面的朋友一步一步走着，但周围实在是太黑了，她隐隐有些担心队伍行进的方向是否正确。

“大家都跟上了吗？赵伟，你还在后面吧？”随着手里火把的光亮渐渐变弱，埃里克好像也不安起来。

“埃里克，你小心点，我在后面好好地跟着呢。”走在最后的赵伟晃动着火把说道。他的火把似乎马上就要熄灭了。

“啊，好冷。”丽娜颤抖着说。

天上开始下雨，最终埃里克和赵伟的火把全都熄灭了。吉娅紧紧拉住了自己前面的露娜和后面的霍恩的手。队伍里隐隐传来抽泣声，不知是谁害怕得哭了。

“如果大家不能在水下通道打开期间到达帕拉尼亚岛，那会怎么样呢？大海会把我们吞没吗？”

想到这儿，吉娅使劲儿摇了摇头，可内心却越发害怕起来。吉娅感觉眼泪都要流出来了，为了忍住眼泪，她紧紧咬住了自己的嘴唇。

就在这时，霍恩唱起歌来。起初他在极力忍住想哭的冲动，声音有些哽咽，歌词唱不太清，唱着唱着，他的情绪似乎稳定了下来，歌声也不知不觉恢复了常态。听着霍恩的歌声，孩子们的心情也逐渐恢复了平静。

“啊，星光变亮了！”不知走了多久，埃里克高声喊道。

但那束星光并不是来自天空，而是来自大海的对面。

“伙伴们，加油！”

埃里克给大家鼓劲儿。他的脚步急促起来，孩子们也加快了步伐。霍恩的歌声并没有停下来。孩子们纷纷跟着霍恩哼唱起来，都不再像之前那样恐惧了。

“伙伴们，看那边，是灯光，有灯光向我们这边来了！”埃里克喊道。

有人拿着手电筒在朝孩子们走来。

“孩子们，孩子们！你们都没事吧？”

是凯尔老师。

“老师，我们没事。”埃里克对凯尔老师说。

“快点，加快脚步，我们要赶在水下通道关闭前离开。老师会在埃里克前面给大家带路，你们跟紧老师，不要松手。”

凯尔老师走在埃里克前面，向帕拉尼亚岛走去。孩子们唱着歌，跟随凯尔老师的灯光快速走着。

“你们终于回来了！”

“大家都没事吧？”

…………

一上岸，孩子们周围就传来了大家七长八短的问候声。之前已经回来的孩子们正在沙滩上迎接他们，灯光把沙滩照得温暖明亮。原来埃里克刚才看到的并不是星光，而是孩子们手中的手电筒发出的光芒，那是孩子们对困在嗨皮尼亚岛上的伙伴平安返还的热切期盼。

走在最后的赵伟也终于平安抵达帕拉尼亚岛，大家紧紧拥抱在一起——无论是在岛上等待的孩子，还是刚刚抵达的孩子，大家都紧紧抱在一起。几乎所有人，都满脸是泪。

吉娅和露娜的睡前卧谈

我以前一直以为领导者都是比较特别的人。

你现在不这么认为了吗？

嗯，我原来老是觉得霍恩年纪小、胆量也小，但他唱歌的行为真的让我大吃一惊。

对的，当时火把熄灭了，又下起雨，我心里害怕极了，霍恩的歌声给了我很大的勇气。

我觉得走在我前面的丽娜也是我的领导者。虽然她也很害怕，但并没有停下脚步，还时不时回头看看我有没有跟上。

啊！原来我们每个人都是彼此的领导者啊。露娜，你说得对，领导者并不是什么特别的人，所有人都可以成为领导者。

并不是只有特别的人才可以做领导者。

学会辨别领导者

优秀的领导者和恶劣的领导者会给人带来截然不同的影响，所以识别和远离恶劣的领导者显得尤为重要。恶劣的领导者往往有以下几个特点：

①要你做明知是错误的事；

②蔑视权威，唯我独尊；

③当众戏弄、侮辱别人，让他们感到害怕。

自我领导力：引导自我的人

第二天早晨，孩子们和老师们都起得很晚，因为大家凌晨4点才进入梦乡。

“虽然很累，但还是起来吃点儿饭吧。”有人在吉娅耳边悄声说道。

吉娅努力睁开眼睛一看，是尼克叔叔。

“叔叔，您昨天睡得好吗？”

“当然。吉娅，叔叔知道你们都很累，但还是得起床吃早饭啊。我和老师们一起为你们准备了早餐。”

凌晨，孩子们都睡了，尼克叔叔仍然无法入眠。孩子们一个不落全部安全返回，这让他心怀感恩，于是亲手准备了早餐。

原来，因为有孩子受伤，又正值水下通道打开，率队前往嗨皮尼亚岛的老师匆忙间选择了带受伤的孩子和其他几个孩子先返回帕拉尼亚岛。但当老师想再次前往嗨皮尼亚岛，却遇到了困难——不能乘船入岛并且由于天气恶劣救援直升机也无法入岛。老师们一直找不到办法前往嗨皮尼亚岛。尼克叔叔和所有老师只能不停地祈祷，希望孩子们自己能安全地从嗨皮尼亚岛返回。

吉娅和露娜快速洗漱后去了餐厅。许多孩子已经到了，他们正在叽叽喳喳地互相问候。

“埃里克，你腿好了吗？安德莉亚，你怎么样了？”

“吉娅和露娜，你们没事吧？”

…………

“我们好久没聚在一起吃早饭了，这感觉真好。因为这次意外，‘经济小达人’活动的大部分活动项目都取消或推迟了。虽然有些可惜，但我觉得你们因为这次意外经历了更多事情，学到了更多东西。今天上午大家继续休息，午餐还是由组长和组员齐心协力共同准备。下午领导能力开发院的伊莉莎教授将为大家做讲座。”待大部分孩子吃完早饭，凯尔老师为大家介绍了接下来的日程安排。

由于9名孩子被困嗨皮尼亚岛，大部分原定活动都被取消了，但孩子们似乎学到了更多东西，所以也不觉得遗憾。

吃完早餐，孩子们开始自由活动。有的孩子缠着从嗨皮尼亚岛回来的朋友给他们讲在那边的遭遇。内向的安德莉亚和心虚的埃里克听了孩子们的请求都只是笑笑，但艾莉却兴致勃勃地为大家讲述起来，讲到在岛上经历的困难，她甚至还流下了眼泪。看着艾莉这个样子，吉娅、埃里克、赵伟和安德莉亚都嗤嗤地笑了起来。

终于到午餐时间了。吉娅和露娜还是像上次一样帮助手老师管理食材市场。院子里再次焕发生机，充满孩子们的笑声。

孩子们笑着、闹着，陆续购买了食材，回去准备午餐，但大家与上次的做法有所不同。孩子们一起讨论方案，共同购买食材，协力制作饭菜，没有哪个孩子在命令他人，也没有哪个孩子需要别人指派任务，孩子们彼此之间相处得很融洽。吉娅在这样幸福和谐的氛围中，心情无比愉悦。

帕拉尼亚岛的水下通道终于打开了，为孩子们做领导能力讲座的教授来到了岛上。吉娅和露娜同孩子们坐在一起聆听了讲座。

“很多人想要成为领导者，有着当领导者的梦想。但其实很多人对领导者都存在着一定的误解，认为领导者就是领导众人的人。但我觉得一个人只有先学会引导自我，才能进一步发展成为足以引导他人的领导者。如果连自己都引导不了，又何谈领导别人呢？越是要领导许多人，领导者的自我领导能力就越重要。自认能力出众，但行事傲慢、独断专行的人是绝对当不了领导者的。”

教授的讲座涉及很多吉娅从未想过的内容，让吉娅沉浸其中。其他孩子也被深深吸引了。

“很多朋友可能都有自己的人生导师，我自小也有一个引导我、帮助我的导师。我觉得人生导师也是领导者的一种。领导者并不一定需要领导很多人。导师是不停地刺激我、启发我，给予我建议和忠告，让我不断进步的人；导师从不强求我，从不压迫我，是随时以开放的心态与我沟通的人；导师亦是注重自我发展，努力追求进步的人，是能成为他人楷模、带领他人前进的人。这样的人难道不是引导我们的最好的领导者吗？”

正在听课的孩子们以热烈的掌声回答了教授的问题。吉娅也使劲儿拍着手。艾丽莎教授的课程极大地启发了孩子们。吉娅想起了自己最好的朋友和支持者，也是一直以来引导自己的人——尼古拉斯叔叔。她还想起了尼古拉斯叔叔和自己一起看过的绚烂飞舞的樱花，心底不由得对尼古拉斯叔叔生出无限感激。

“吉娅，你就是我的领导者。谢谢你！”露娜小声对吉娅说道。

听了露娜的话，吉娅吃了一惊。她心想，难道露娜也像自己看待尼古拉斯叔叔一样，把自己当成了她的领导者？想到自己也成了尼古拉斯叔叔一般的存在，吉娅既惊讶又感激。

“露娜，你也是我的领导者。在嗨皮尼亚岛上如果没有你和其他孩子，我估计会觉得非常害怕。”

此时，不知谁搂住了吉娅和露娜的肩膀，吉娅回头一看，原来是坐在后排的赵伟。

“对我来说，你们也是让我心存感激的领导者。”赵伟说。

“似乎所有人都可以成为领导者，领导者并不一定是特别出色的人。”坐在赵伟旁边的安德莉亚说道。

听了她的话大家都点了点头。

所有活动结束后，孩子们开始准备回家的行李。吉娅拿出了望远镜，这是一个时而看得见东西，时而看不见东西的神奇望远镜。

“啊，好神奇啊！”吉娅惊呼起来。

吉娅拿出望远镜看向露娜，她居然在望远镜里看到了自己与露娜之间发生的点点滴滴。通过这些点滴往事，露娜那乐于关心帮助他人的内心，清清楚楚地呈现在吉娅眼前。吉娅眨了眨眼睛，再次看过去，仍然是一清二楚。吉娅拿起望远镜来到外面观察孩子们。

通过望远镜，她看到埃里克虽固执、不善倾听，但擅长观察星星，懂得反省自身错误，知道向他人道歉；她看到赵伟沉稳、成熟，喜好伸张正义，对朋友一视同仁，善于倾听他人意见；她看到安德莉亚虽内向、不喜站在众人面前，但却有着卓越的观察能力，能够想到他人无法想到的事情。

“啊！这个望远镜真不是一个普通的望远镜，它是一个可以看到别人优点和缺点，洞察他人内心的望远镜。”

吉娅有些纳闷，她为什么现在才看到朋友们的内心，如果在嗨皮尼亚岛的时候她就像现在这样看清了朋友们的内心和能力，那该多好啊。可另一方面她又感到庆幸，当时大家一起经历了种种困难，即使没有借助望远镜，她还是了解了朋友们的

优点和缺点。她突然觉得摒弃偏见，认真地了解他人，对每个人来说都十分重要。

吉娅觉得自己见到尼古拉斯叔叔一定有很多话要说。尼古拉斯叔叔既是自己的人生导师，又是自己的领导者。看到自己内心变得愈发强大，尼古拉斯叔叔会说什么呢?

“吉娅呀，你不收拾行李在干什么呢？快点吧。”露娜对吉娅说道。

吉娅迅速回到了房间。整理好行李，吉娅和露娜来到沙滩和孩子们一起等待水下通道出现。马上就要回家了，不知道还有没有机会再来。想到这里，吉娅回头望去，正好与埃里克目光相遇，两人会心一笑。埃里克的脸上也写满了不舍。

环顾四周，吉娅发现赵伟、安德莉亚和艾莉的眼睛也看向了各自曾经住过的宿舍以及通往嗨皮尼亚岛的水下通道。

嗨皮尼亚岛的时光真让人难忘啊!

“哇！出现了！”

帕拉尼亚岛的水下通道出现了，孩子们异口同声地欢呼着。这一段令吉娅毕生难忘的旅程正式结束了。

吉娅和露娜的睡前卧谈

老师居然说能够引导自我的人也是领导者，这太让我意外了。

我也是。自我引导能力对领导者来说确实是不可或缺的一项素质，如果领导者只顾着领导别人，可能会忽略自身的提升。

嗯，“人生导师也是领导者的一种”这句话也让我很受触动。以前我一直觉得领导者是需要站在前面带领大家的伟大而特别的人。

我们之所以能从嗨皮尼亚岛安全返回，就是因为我们互为领导者。所有人都可以成为领导者！

领导者并不是什么特别的人。所有人都可以成为领导者，无论是自身的领导者，还是众人的领导者。

图书在版编目（CIP）数据

轻松解锁领导力 / (韩) 崔亨美著；苑英奕, 王淑君译. -- 青岛：青岛出版社, 2021.7
（吉娅的情商魔法）
ISBN 978-7-5552-7385-1

Ⅰ.①轻… Ⅱ.①崔… ②苑… ③王… Ⅲ.①儿童小说－长篇小说－韩国－现代 Ⅳ.①I312.684

中国版本图书馆CIP数据核字(2021)第044469号

书　　名　吉娅的情商魔法・轻松解锁领导力
著　　者　［韩］崔亨美
译　　者　苑英奕　王淑君
绘　　者　［韩］元裕美
出版发行　青岛出版社
社　　址　青岛市海尔路182号（266061）
本社网址　http://www.qdpub.com
邮购电话　0532-68068091
策划编辑　梁　唯　王龙华
责任编辑　常笑予
装帧设计　桃　子
照　　排　青岛乐喜力科技发展有限公司
印　　刷　青岛乐喜力科技发展有限公司
出版日期　2021年7月第1版　2021年7月第1次印刷
开　　本　16开（710mm × 1000mm）
印　　张　10.75
字　　数　107千
书　　号　ISBN 978-7-5552-7385-1
定　　价　36.00元

编校印装质量、盗版监督服务电话　4006532017　0532-68068050